教育部新编语文教材推荐阅读丛书

读名著·学语文

U0727116

月牙儿

老 舍/著

刘 璐/编

中国出版集团
中译出版社

全面提高语文能力
轻松阅读名著经典

新课标 语文能力 目标解读

- 掌握最基本的语文学习方法
- 能够独立阅读，形成良好的语感
- 发展语言能力、思维能力
- 激发想象力和创造潜能
- 提高文化品位和审美情趣

"读名著·学语文"系列丛书紧扣新课标课程要求，针对语文能力点进行全面解读，快速提升语文能力！

阅读能力 提升要点

- 理解词语的深层含义
- 体会关键语句的作用
- 准确把握文章内容
- 深刻体会作者的思想情感
- 感受作品的艺术特色
- 对人物形象做出自己的评价

写作能力 提升要点

- 扩大知识面，积累写作素材
- 拓展思维，巧妙构思立意
- 勇于创新，充分发挥想象力
- 巧用修辞，使语言生动形象
- 准确描述，灵活运用表达方式
- 感情真挚，真实表达思想情感

阅读 文学名著 品味 经典文化

"读名著·学语文"丛书带你领略文学经典的魅力，体会语文学习的无限乐趣！

在阅读中 思考 在思考中 提高

"读名著·学语文"丛书让你在阅读中开阔视野，掌握语文学习方法，全面提升语文能力。

本 书 特 色

名师快速导读：帮你全面熟悉文学作品内容
快速掌握相关文学文化常识

学习与借鉴：紧扣知识要点进行针对性旁批
让你轻松掌握语文学习方法

阅读理解：权威浓缩名著主旨
提炼文章精华要点

学习要点：深度剖析写作技巧
助你快速掌握语文提分法宝

图书在版编目（CIP）数据

月牙儿 / 老舍著；刘璐编写 . -- 北京 ：中译出版
社，2017.8
（读名著·学语文：珍藏版）
ISBN 978- 7- 5001- 5375-7

I.①月… II.①老… ②刘… III.①短篇小说－小
说集－中国－现代 IV.① I246.7

中国版本图书馆 CIP 数据核字（2017）第 175458 号

出版发行 / 中译出版社
地　　址 / 北京市西城区车公庄大街甲4号物华大厦六层
电　　话 / （010）68359827；68359303（发行部）；68357328（编辑部）
邮　　编 / 100044
传　　真 / （010）68357870
电子邮箱 / book@ctph.com.cn
网　　址 / http：//www.ctph.com.cn

总 策 划 / 张高里
策划编辑 / 于建军　温晓芳
责任编辑 / 温晓芳
封面设计 / 杰瑞设计

排　　版 / 北京杰瑞腾达科技发展有限公司
印　　刷 / 龙口市新华林文化发展有限公司
经　　销 / 新华书店

规　　格 / 700毫米×980毫米　1/16
印　　张 / 13.25
字　　数 / 165千字
版　　次 / 2018年8月第1版
印　　次 / 2018年8月第1次

ISBN 978-7-5001-5375-7　　　　　　定价：23.80元

目录
CONTENTS

名师快速导读

　　《月牙儿》是老舍先生的一部优秀作品集，收录了《断魂枪》《月牙儿》《我这一辈子》等名篇佳作。文章大多取材于平民市井，却能集文学性与通俗性于一身，平易而不通俗，清浅中又有韵味，作者能够结合当时的时代背景记述社会底层人民的生活，表达自己的感想，值得读者推敲与深思。语言幽默，多采用京味口语，让读者在阅读中领略北京文化的博大精深。同时，文章中以小见大、衬托、象征等写作方法的运用也为读者做了标志性示范。书中的大多数文章被广为流传，影响了一代又一代青少年的成长。

作 者 简 介

　　老舍（1899 年 2 月 3 日—1966 年 8 月 24 日），原名舒庆春，上学后，自己更名为舒舍予，含有"舍弃自我"，亦即"忘我"的意思。北京满族正红旗人。中国现代小说家、作家、语言大师、人民艺术家，新中国第一位获得"人民艺术家"称号的作家。代表作有《骆驼祥子》《四世同堂》《茶馆》。老舍的一生，总是忘我地工作，他是文艺界当之无愧的"劳动模范"。1966 年，由于受到"文化大革命"运动中恶毒的攻击和迫害，老舍被逼无奈之下含冤自沉于北京太平湖。

写作背景

　　老舍出身于北京大杂院，家族虽为满人，但并非满洲贵族，只是一个贫民家庭，这使他得以接触到社会底层的人们，对"小人物"的性格了如指掌，也始终关注着北京城乃至国内各地同胞们的命运。随着清朝的覆灭，社会处于动荡不安之中，北京城里本已十分贫困的下层人，最终断绝了因职业从戎所领取的为数不多的粮饷，又一时难以学成其他的谋生手段，被饥寒逼迫着，大批地涌入了城市贫民的生活行列。他们当中，洋车夫、巡警、艺人、工匠、小商贩都大有人在，就是沦落风尘成了妓女的也不乏其人。《月牙儿》便是老舍在这样的背景下创作出来的，带着异常凄苦的语调，将一个孤苦无依的女子一步一步走向堕落的过程讲述出来。老舍不能接受世间对自己同胞们的随意诟病，却往往透过这些人物的身份、经历、性情、举止，写出他们的勤恳、善良、纯正、自尊。月牙儿便是这么一个善良勤恳、自尊自爱的人，最后却被逼得无路可走。整部小说透露着老舍对下层人民悲惨遭遇无限的同情。

地位与影响

　　老舍在中国现代文学史上的独特地位与价值在于他对文化批判与民族性问题的格外关注，他的作品承受着对转型期中国文化尤其是民俗文化的冷静的审视，其中既有批判，又有眷恋，而这一切又都是通过对北京市民日常生活全景式的风俗描写来达到的。他的作品的"北京味儿"、幽默风，以及以北京话为基础的俗白、凝练、纯净的语言，在现代作家中独具一格。可以说，老舍的小说是"京味小说"的源头。老舍创作的成功，标志着我国现代文学在民族化和个性化的追求中取得巨大突破。

《月牙儿》收录了老舍多篇脍炙人口的中短篇小说。作品多以下层人民生活为题材，爱憎分明，有强烈的正义感。人物性格鲜明，细节刻画真实。能纯熟地驾驭语言，善于准确地运用北京话表现人物、描写事件，使作品具有浓郁的地方色彩和强烈的生活气息。老舍以讽刺幽默和诙谐轻松的风格，赢得了人们的喜爱，1951年北京市人民政府授予他"人民艺术家"的光荣称号。

故事梗概

《月牙儿》是一部收录老舍中短篇小说的优秀作品集，这些优秀的文章虽取材于下层人民的生活及日常场景，但精制考究而不雕琢，俗而能雅，以小见大。语言虽朴实无华，但作者以敏锐的视角洞悉了当时的社会动态，将笔触延伸到民族精神的挖掘及民族命运的思考。

《月牙儿》以高悬于空中的月牙儿为主旋律，通过主人公对它的不同感受，谱写了一曲天上人间哀怨的悲歌。民国初年，感化院女工宿舍的地铺上，孤零零地坐着暗娼韩月容，她望着窗外的月牙儿，思绪万千。父亲去世，为了生计，母亲做了暗娼，那时候的月容对母亲的职业是憎恨的。但经历了人生的种种后，她悟出了一个道理：体面和道德是有钱人说给别人听的，对穷人来说，填饱肚子才是最大的真理。月容终于走上了与母亲相同的道路，她从各种各样的男人身上拼命地挣钱。新区长上任，要扫清暗门子，月容被巡警抓进感化院，她宁愿在阴暗的牢房里永远住下去，因为外面并不比这里好多少。

《我这一辈子》描写了一个旧时代普通巡警的坎坷一生，他很普通也很要强，可生活却和他不断开玩笑：心爱的妻子被最知心的朋友拐走；学了裱纸手艺，可时代变迁，却没了用武之地；无奈之下做了巡警，可是困苦的生活还在继续。以一个平凡的小人物，反映了一个时代的大悲剧。它的结尾是这样写的："我还笑，笑我这一辈子的聪明本事，笑这出奇不公平的世界，希望等我笑到末一声，这世界就换个样儿吧！"

艺 术 特 色

语言朴实直白，京味十足

老舍生在北京，长在北京。他用地地道道的北京语言从事创作，任何人读老舍的作品都会感到语言富有北京韵味儿。老舍聚集其北京的生活经验写大、小杂院、四合院和胡同，写市民凡俗生活中所呈现的场景风致，写已经斑驳破败仍不失雍容气度的文化情趣，还有那构成古城景观的各种职业生活和寻常世相。

文章幽默风趣、极具讽刺

读老舍的文章，不仅能使你轻松脑子，同时也可以使你的眼睛一亮，在每一篇文章中都可以听到智者——老舍的笑声，这笑声有温和的笑，有酸楚的笑，有友好的笑，有无奈的笑。他是站在崇高上看鄙俗的，他的笑声带有很强的批判力，如我们在笑马裤先生的同时，也深深地感受到市侩小人物的吝啬、粗鲁和自私自利。

文化批判视野中的"市民世界"

老舍是中国现代文学史上最杰出的市民社会与文化的表现者与批判者。就他所提供的市民形象的丰富性与生动性来看，几乎没有哪一个作家能够与他相比。在他的笔下，市民阶层的各类人物真是无所不有。如：《断魂枪》中的沙子龙是走镖人，《马裤先生》中的马裤先生是一位自私自利的普通小市民，《月牙儿》中的暗娼韩月容，《我这一辈子》中的主人公是一位巡警。老舍执着地描写城与人的关系，用众多小说构筑了一个广大的市民世界，几乎包罗了现代市民阶层生活的所有方面。他们大多数人都善良、有上进心，但恶魔般的社会环境不仅残酷地吞噬了他们所有的血汗和那点少得可怜的财产，而且一点一点地吃掉了他们身上的美好品德和奋发向上的生活意志。他们的思想性格被旧社会扭曲变形，最后又被抛到城市流氓无产者的行列中，引发读者深思。

典 型 人 物 形 象

这部小说集通过语言、动作、神态等的细致描写使人物形象个个都栩栩如生。如：

《断魂枪》中的沙子龙显然不是和时代变动正面对抗的人物，他似乎颇识时务，能够与时俱进。既然祖先信奉的神灵都不再灵验，既然"走镖已没有饭吃"，他也就不再留恋保镖的旧业。他不仅及时把镖局改成了客栈，连他的武艺，包括他自创的绝技"五虎断魂枪"，也弃之一旁，甚至旧日镖局里的徒弟前来求教，他也不肯指点传授。其实他的内心如灼热岩浆，小说两次写到沙子龙在夜静人稀时面对天上的群星一气刺出六十四枪的场面，把沙子龙的无奈和悲愤表现得淋漓尽致。小说在塑造人物形象时，并不多用对话和直接的心理剖析，而是通过人物的外形和动作的精确描绘来披露。

再如《马裤先生》中的主人公马裤先生，作者运用夸张手法极力写出了一个在所谓"文质彬彬"外表包裹下的肆无忌惮、自私自利、毫无社会公德意识的小市民的丑恶形象。马裤先生这个人表现出了人性刻薄的一面；但更深一层看，他并不是个十恶不赦的坏蛋，而更像是我们自身缺点的大集合。大部分的人内心深处都有一点虚荣，或者一点刻薄，也许还有一点趾高气扬；而马裤先生就像是这一种夸张了的、负面的人性。马裤先生的平凡，或者说是"夸大之后的平凡"，让人心有戚戚焉。小说所造成的人物与读者之间的共鸣，才是这篇小说的幽默所在。

断魂枪

名师导读

❶镖（biāo）局：镖局。指提供将人送到目的地，或将货物送到指定的地方这种有偿服务的机构。

❷作者仅用一句话就形象地概括出帝国主义的侵略和被压迫民族的坚强反抗及力量对比的悬殊，语言含蓄简练。

【语言简练】

"生命是闹着玩，事事显出如此；从前我这么想过，现在我懂得了。"

沙子龙的镖局❶已改成客栈。

东方的大梦没法子不醒了。炮声压下去马来与印度野林中的虎啸。❷半醒的人们，揉着眼，祷告着祖先与神灵；不大会儿，失去了国土、自由与主权。门外立着不同面色的人，枪口还热着。他们的长矛毒弩，花蛇斑彩的厚盾，都有什么用呢；连祖先与祖先所信的神明全不灵了啊！龙旗的中国也不再神秘，有了火车呀，穿坟过墓破坏着风水。枣红色多穗的镖旗，绿鲨皮鞘的钢刀，响着串铃的口马，江湖上的智慧与黑话，义气与声名，连沙子龙，他的武艺、事业，都梦似的成昨夜的。今天是火车、快枪，通商与恐怖。听说，有人还要杀下皇帝的头呢！

这是走镖已没有饭吃，而国术还没被革命党与教育家提倡起来的时候。（这句话巧妙地暗示了沙子龙个人的不幸遭遇，他既无法再活在过去的辉煌岁月里，又不得不面对落后就要挨打的残酷现实，帝国主义用枪炮和文化侵略无情地击醒了古老的东方民族的春秋大梦，不仅仅是沙子龙，中华民族的每一个人都不得不重新面对生活的抉择。【巧用暗示】）

　　谁不晓得沙子龙是短瘦、利落、硬棒，两眼明得像霜夜的大星？可是，现在他身上放了肉。镖局改了客栈，他自己在后小院占着三间北房，大枪立在墙角，院子里有几只楼鸽。只是在夜间，他把小院的门关好，熟习熟习他的"五虎断魂枪"。❶这条枪与这套枪，二十年的工夫，在西北一带，给他创出来"神枪沙子龙"五个字，没遇见过敌手。现在，这条枪与这套枪不会再替他增光显胜了；只是摸摸这凉、滑、硬而发颤的杆子，❷使他心中少难过一些而已。只有在夜间独自拿起枪来，才能相信自己还是"神枪沙"。在白天，他不大谈武艺与往事；他的世界已被狂风吹了走。

　　在他手下创练起来的少年们还时常来找他。他们大多数是没落子的，都有点武艺，可是没地方去用。有的在庙会上去卖艺：踢两趟腿，练套家伙，翻几个跟头，附带着卖点大力丸，混个三吊两吊的。有的实在闲不起了，去弄筐果子，或挑些毛豆角，赶早儿在街上论斤吆喝出去。（作者列举了曾经在沙子龙手下创练的少年们现在的出路：去庙会上卖艺，在街上吆喝卖果子……借此表现出在西方文明和传统文化冲击之时弱小民族找不到生存位置，找不到传统文化在现实社会中的延续点的悲哀。【举例生动】）那时候，米贱肉贱，肯卖膀子力气本来可以混个肚儿圆；他们可是不成：肚量既大，而且得吃口管事儿的；干饽饽辣饼子咽不下去。况且他们还时常去走会：五虎棍，开路，太狮少狮……虽然算不了什么——比起走镖来——可是到底有个机会活动活动，露露脸。是的，走会捧场是买脸的事，他们打扮的得像个样儿，至少得有条青洋绉裤子，新漂白细市布的小褂，和一双鱼鳞洒鞋——顶好是青缎子抓地虎靴子。他们是神枪沙子龙的徒弟——虽然沙子龙并不承认——得到处露脸，走会得赔上俩钱，说不定还得打场架。没钱，上沙老师那里去求。沙老师不含糊，多少不拘，不让他们空着手儿走。可是，为打架或献技去讨教一个招数，或是请给说个"对子"——什么空手夺刀，或虎头钩进枪——沙老师有时说句笑话，马虎过去："教什么？拿开水浇吧！"有时直接把他们赶出去。他们不大明白沙老师是怎么了，心中也有点不乐意。

可是，他们到处为沙老师吹腾，一来是愿意使人知道他们的武艺有真传授，受过高人的指教；二来是为激动沙老师：万一有人不服气而找上老师来，老师难道还不露一两手真的么？所以：沙老师一拳就砸倒了个牛！沙老师一脚把人踢到房上去，并没使多大的劲！他们谁也没见过这种事，但是说着说着，他们相信这是真的了，有年月，有地方，千真万确，敢起誓！

王三胜——沙子龙的大伙计——在土地庙拉开了场子，摆好了家伙。抹了一鼻子茶叶末色的鼻烟，他抡了几下竹节钢鞭，把场子打大一些。放下鞭，没向四围作揖，又着

❶ 细致地描写了曾经辉煌的镖局改成客栈的样子，只有在夜间沙子龙才能熟习熟习曾经让他扬名的"五虎断魂枪"。作者通过一个江湖镖师的生活变迁表现了古老的传统文化面临西方强势文明挑战时进退两难的尴尬局面，引人深思。【环境描写】

❷ 用"凉""滑""硬"等词来形容断魂枪，形象贴切，精练至极。【用词贴切】

腰念了两句:"脚踢天下好汉,拳打五路英雄!"向四围扫了一眼:"乡亲们,王三胜不是卖艺的;玩艺儿会几套,西北路上走过镖,会过绿林中的朋友。现在闲着没事,拉个场子陪诸位玩玩。有爱练的尽管下来,王三胜以武会友,有赏脸的,我陪着。神枪沙子龙是我的师傅;玩艺地道!诸位,有愿下来的没有?"(<u>在王三胜卖艺的场面里,作者只用了一连串的短句,就把现场的气氛淋漓尽致地展现在读者面前。【巧用短句】</u>)他看着,准知道没人敢下来,他的话硬,可是那条钢鞭更硬,十八斤重。

王三胜,大个子,一脸横肉,努着对大黑眼珠,看着四围。大家不出声。他脱了小褂,紧了紧深月白色的"腰里硬",把肚子杀进去。(<u>作者笔下的王三胜争强好胜,性格外露,对现实的态度非常实际。作者对他的外貌描写和动作描写符合人物身份,贴合人物性格特点。【人物刻画】</u>)给手心一口唾沫,抄起大刀来:

"诸位,王三胜先练趟瞧瞧。不白练,练完了,带着的扔几个;没钱,给喊个好,助助威。这儿没生意口。好,上眼!"

大刀靠了身,眼珠努出多高,脸上绷紧,胸脯子鼓出,像两块老桦木根子。一跺脚,刀横起,大红缨子在肩前摆动。削砍劈拨,蹲越闪转,手起风生,忽忽直响。忽然刀在右手心上旋转,身弯下去,四围鸦雀无声,只有缨铃轻叫。刀顺过来,猛的一个"跺泥",身子直挺,比众人高着一头,黑塔似的。(<u>这段描写简练而形象生动,可以说是干干净净、明明白白,给人以身临其境的美妙感觉,令人拍案叫绝!【语言生动】</u>)收了势:"诸位!"一手持刀,一手叉腰,看着四围。稀稀的扔下几个铜钱,他点点头。"诸位!"

他等着,等着,地上依旧是那几个亮而削薄的铜钱,外层的人偷偷散去。他咽了口气:"没人懂!"他低声地说,可是大家全听见了。

"有功夫!"西北角上一个黄胡子老头儿答了话。

"啊？"王三胜好似没听明白。

"我说：你——有——功——夫！"老头子的语气很不得人心。❶

放下大刀，王三胜随着大家的头往西北看。谁也没看重这个老人：小干巴个儿，披着件粗蓝布大衫，脸上窝窝瘪瘪，眼陷进去很深，嘴上几根细黄胡，肩上扛着条小黄草辫子，有筷子那么细，而绝对不像筷子那么直顺。王三胜可是看出这老家伙有功夫，脑门亮，眼睛亮——眼眶虽深，眼珠可黑得像两口小井，深深的闪着黑光。❷王三胜不怕：他看得出别人有功夫没有，可更相信自己的本事，他是沙子龙手下的大将。

"下来玩玩，大叔！"王三胜说得很得体。

点点头，老头儿往里走。这一走，四外全笑了。他的胳臂不大动；左脚往前迈，右脚随着拉上来，一步步的往前拉扯，身子整着，像是患过瘫痪病。蹭到场中，把大衫扔在地上，一点没理会四围怎样笑他。

"神枪沙子龙的徒弟，你说？好，让你使枪吧；我呢？"老头子非常的干脆，很像久想动手。

人们全回来了，邻场耍狗熊的无论怎么敲锣也不中用了。（"邻场耍狗熊的无论怎么敲锣也不中用了。"语言幽默滑稽，令人读后忍俊不禁，让读者在这一忧国忧民的氛围中稍稍放松了一下。这也符合作者语言的一贯作风：平实中不乏幽默，幽默中引人深思。【语言幽默】）

"三截棍进枪吧？"王三胜要看老头子一手，三截棍不是随便就拿得起来的家伙。

老头子又点点头，拾起家伙来。

王三胜努着眼，抖着枪，脸上十分难看。

老头子的黑眼珠更深更小了，像两个香火头，随着面前的枪尖儿转，王三胜忽然觉得不舒服，那俩黑眼珠似乎要把枪尖吸进去！四外已围得风雨不透，大家都觉出老头子确是有威。为躲那对眼睛，王三胜耍了个枪花。老头子的黄胡子一动："请！"王三胜一扣枪，向前躬步，枪尖奔了老头子的喉头去，枪缨打了一个红旋。老人的身子忽然活展了，将身微偏，让过枪尖，前把一挂，后把撩王三胜的手。拍，拍，两响，王三胜的枪撒了手。（作者详细记录了王三胜与老者的比试场景。依然运用短句进行书写，描写细致，给人身临其境之感，犹如现场观摩一般。同时也体现了老者的武艺高强，为下文其会见沙子龙做了铺垫。【细节描写】）场外叫了好。王三胜连脸带胸口全紫了，抄起枪来；一个花子，连枪带人滚了过来，枪尖奔了老人的中部。老头子的眼亮得发着黑光；腿轻轻一屈，下把掩裆，上把打着刚要抽回的枪杆；拍，枪又落在地上。

场外又是一片彩声。王三胜流了汗，不再去拾枪，努着眼，木在那里。老头子扔下家伙，拾起大衫，还是拉拉着腿，可是走得很快了。大衫搭在臂上，他过来拍了王三胜一下：

"还得练哪，伙计！"

"别走！"王三胜擦着汗，"你不离，姓王的服了！可有一样，你敢会会沙老师？"❶

"就是为会他才来的！"老头子的干巴脸上皱起点来，似乎是笑呢。"走，收了吧，晚饭我请！"

王三胜把兵器拢在一处，寄放在变戏法二麻子那里，陪着老头子往庙外走。后面跟着不少人，他把他们骂散了。

"你老贵姓？"他问。

"姓孙哪，"老头子的话与人一样，都那么干巴。"爱练，久想会会沙子龙"。

沙子龙不把你打扁了！王三胜心里说。他脚底下加了劲，可是没把孙老头落下。他看出来，老头子的腿是老走着查拳门中的连跳步；交起手来，必定很快。但是，无论他怎么快，沙子龙是没对手的。准知道孙老头要吃亏，他心中痛快了些，放慢了些脚步。❷

"孙大叔贵处？"

"河间的，小地方。"孙老者也和气了些，"月棍年刀一辈子枪，不容易见功夫！说真的，你那两手就不坏！"

王三胜头上的汗又回来了，没言语。

到了客栈，他心中直跳，唯恐沙老师不在家，他急于报仇。他知道老师不爱管这种事，师弟们已碰过不少回钉子，可是他相信这回必定行，他是大伙计，不比那些毛孩子；再说，人家在庙会上点名叫阵，沙老师还能丢这个脸么？

"三胜，"沙子龙正在床上看着本《封神榜》，❶ "有事吗？"三胜的脸又紫了，嘴唇动着，说不出话来。

沙子龙坐起来："怎么了，三胜？"

"栽了跟头！"

只打了个不甚长的哈欠，沙老师没别的表示。（当沙子龙听到王三胜栽了跟头、吃了亏时，他仅仅是打了一个哈欠，再无别的表示，与前文相呼应，表现出沙子龙这个曾经威震江湖的侠客，明显地感觉到属于自己镖师的那个时代已经过去了，现在就是在苟延残喘。【呼应前文】）

王三胜心中不平，但是不敢发作；他得激动老师："姓孙的一个老头儿，门外等着老师呢；把我的枪，枪，打掉了两次！"他知道"枪"字在老师心中有多大分量。没等吩咐，他慌忙跑出去。

客人进来，沙子龙在外间屋等着呢。彼此拱手坐下，他叫三胜去泡茶。三胜希望两个老人立刻交了手，可是不能不沏茶去。孙老者没话讲，用深藏着的眼睛打量沙子龙。沙很客气：

"要是三胜得罪了你，不用理他，年纪还轻。"（作者对沙子龙的这句语言描写展现了一位谦和大度的人物形象，此时的沙子龙完全没有了威震江湖时的傲气，因为他知道，国家无法靠一身好武艺来拯救，民族的希望也不再是武林英雄们的一身好本事。【语言描写】）

孙老者有些失望，可也看出沙子龙的精明。他不知怎样好了，不能拿一个人的精明断定他的武艺。"我来领教领教枪法！"他不由地说出来。❷

沙子龙没接碴儿。王三胜提着茶壶走进来——急于看二人动手，他没管水开了没有，就沏在壶中。

"三胜，"沙子龙拿起个茶碗来，"去找小顺们去，天汇见，陪孙老者吃饭。"

"什么！"王三胜的眼珠几乎掉出来。看了看沙老师的脸，他敢怒而不敢言地说了声"是啦！"走出去，噘着大嘴。

"教徒弟不易！"孙老者说。

"我没收过徒弟。走吧，这个水不开！茶馆去喝，喝饿了就吃。"沙子龙从桌子上拿起缎子褡裢，一头装着鼻烟壶，一头装着点钱，挂在腰带上。

"不，我还不饿！"孙老者很坚决，两个"不"字把小辫从肩上抢到后边去。

"说会子话儿。"

"我来为领教领教枪法。"①

"功夫早搁下了。"沙子龙指着身上，"已经放了肉！"

"这么办也行。"孙老者深深地看了沙老师一眼，"不比武，教给我那趟五虎断魂枪。"②

"五虎断魂枪？"沙子龙笑了，"早忘干净了！早忘干净了！告诉你，在我这儿住几天，咱们各处逛逛，临走，多少送点盘缠。"

"我不逛，也用不着钱，我来学艺！"

（沙子龙与孙老者的这段对话相当精彩，作者在进行对话描写时也加入了二人的动作、神态描写，使这段对话栩栩如生，给读者身临其境之感。小说中沙子龙是唯一一个意识到传统文化正以不可挽回的趋势衰落的人，作者借他淡出世俗、淡出武林、淡出历史的行

名师导读

① 《封神榜》：又名《封神演义》是一部中国古代神魔小说。为明代许仲琳所作，约成书于隆庆、万历年间。全书共一百回。以姜子牙辅佐周室（周文王、周武王）讨伐商纣的历史为背景，描写了阐教、截教诸仙斗智斗勇、破阵斩将封神的故事。

② 孙老者开门见山地说明了来意："我来领教领教枪法！"作者这样的语言设计完全符合孙老者的人物形象，他只醉心于功夫本身，对武术的热爱已到痴迷的程度。正是武迷那种不到黄河心不死的信念让他来找沙子龙。【描写细致】

为来表达自己的悲哀，而作者笔下的孙老者却恰恰与之相反，他有积极进取、豪爽乐观、不退让、不妥协的思想品性，可以说，老舍在这个人物身上寄托了自己的民族理想。二者形成鲜明对比。【巧用对比】）孙老者立起来，"我练趟给你看看，看够得上学艺不够！"一屈腰已到了院中，把楼鸽都吓飞起去。拉开架子，他打了趟查拳：腿快，手飘洒，一个飞脚起去，小辫儿飘在空中，像从天上落下来一个风筝；快之中，每个架子都摆得稳、准，利落；来回六趟，把院子满都打到，走得圆，接得紧，身子在一处，而精神贯串到四面八方。抱拳收势，身儿缩紧，好似满院乱飞的燕子忽然归了巢。

"好！好！"沙子龙在台阶上点着头喊。

"教给我那趟枪！"孙老者抱了抱拳。

沙子龙下了台阶，也抱着拳："孙老者，说真的吧，那条枪和那套枪都跟我入棺材，一齐入棺材！"

"不传？"

"不传！"

孙老者的胡子嘴动了半天，没说出什么来。到屋里抄起蓝布大衫，拉拉着腿："打搅了，再会！"

"吃过饭走！"沙子龙说。

孙老者没言语。

沙子龙把客人送到小门，然后回到屋中，对着墙角立着的大枪点了点头。

他独自上了天汇，怕是王三胜们在那里等着。他们都没有去。

王三胜和小顺们都不敢再到土地庙去卖艺，大家谁也不再为沙子龙吹胜；反之，他们说沙子龙栽了跟头，不敢和个老头儿动手；那个老头子一脚能踢死个牛。不要说王三胜输给他，沙子龙也不是他的对手。不过呢，王三胜到底和老头子见了个高低，而沙子龙连句硬话也没敢说。"神枪沙子龙"慢慢似乎被人们忘了。

夜静人稀，沙子龙关好了小门，一气把六十四枪刺下来；而后，挂着枪，望着天上的群星，想起当年在野店荒林的威风。叹一口气，用手指慢慢摸着凉滑的枪身，又微微一笑，"不传！不传！"（沙子龙最后响彻夜空的"不传！不传！"，展现了沙子龙以及他身后的那个深重的历史背景。作者给沙子龙这个人物赋予悲剧的色彩，过去的历史已经被埋葬，沙子龙在新的时代里面踽踽独行，透过沙子龙的悲剧让人们联想到民族的沉疴宿疾。【含义深刻】）

名师伴你读 | MING SHI BAN NI DU

阅读理解

该作品的字数并不多，故事情节设计亦不复杂，它讲述了一个曾威震西北武林的拳师——沙子龙的故事。全文总共分为三部分，第一部分和第三部分略写，第二部分主要由两个事件构成：一是王三胜在街头卖艺，与孙老者比武失败；二是在沙子龙家里，沙子龙拒绝孙老者提出的比武或传授"断魂枪"的要求。该作品艺术地再现了半封建半殖民地的中国社会现实，从"断魂枪"的字面意义来看，作者暗示了要断以主人公沙子龙为代表的镖师及其所弘扬的武艺的魂，还映射出以儒家思想为代表的中国传统文化在西方文明的大举入侵下已失去了其强势地位，正逐步走向边缘化。整篇小说布局合理，结构完整统一，体现了作者的精心构思和艺术功力。

好词好句

祷告　恐怖　提倡　发颤　吆喝　传授　绷紧　鸦雀无声

得罪　领教　接碴儿　搁下　利落

◆ 大刀靠了身，眼珠努出多高，脸上绷紧，胸脯子鼓出，像两块老桦木根子。一跺脚，刀横起，大红缨子在肩前摆动。削砍劈拔，蹲越闪转，手起风生，忽忽直响。忽然刀在右手心上旋转，身弯下去，四围鸦雀无声，只有缨铃轻叫。刀顺过来，猛的一个"剁泥"，身子直挺，比众人高着一头，黑塔似的。

◆ 谁也没看重这个老人：小干巴个儿，披着件粗蓝布大衫，脸上窝窝瘪瘪，眼陷进去很深，嘴上几根细黄胡，肩上扛着条小黄草辫子，有筷子那么细，而绝对不像筷子那么直顺。王三胜可是看出这老家伙有功夫，脑门亮，眼睛亮——眼眶虽深，眼珠可黑得像两口小井，深深的闪着黑光。

学习要点

1. 语言生动：文章语言生动传神，给人一种含蓄洗练之美感。如描写断魂枪："凉，滑，硬而发颤的杆子。"再如在王三胜卖艺的场面里，作者只用了一连串的短句，就把现场的气氛淋漓尽致地展现在读者面前。

2. 巧用对比：作者在人物的塑造上，巧妙地运用了对比与烘托的艺术手法。作者写沙子龙，用笔十分节省，很多地方不是直接描写，而是通过王三胜与孙老者间接的烘托和对比来凸显他的性格。王三胜的争强好胜、利己与沙子龙的不计功利、忘我追求，孙老者的积极进取与沙子龙的消极冷漠，都显出了性格上的很大差异，从而使人物形象更加鲜明。

善　人

汪太太最不喜欢人叫她汪太太；她自称穆凤贞女士，也愿意别人这样叫她。她丈夫很有钱，她老是不客气地花着；花完他的钱，而被人称穆女士，她就觉得自己是个独立的女子，并不专指着丈夫吃饭。❶

穆女士一天到晚甭提多忙。不说别的，就先拿上下汽车说，穆女士——也就是穆女士！——一天得上下多少次。哪个集会没有她？哪件公益事情没有她？换个人，那么两条胖腿就够累个半死的。穆女士不怕，她的生命是献给社会的；❷那两条腿再胖上一圈，也得设法带到汽车里去。她永远心疼着自己，可是更爱别人，她是为救世而来的。

穆女士还没起床，丫环自由进来回话。她嘱咐过自由们不止一次了：她没起来，不准进来回话。丫环就是丫环，叫她"自由"也没用，天生的不知好歹。她真想抄起床旁的小桌灯向自由扔了去，可是觉得自由还不如桌灯值钱，所以没扔。（她给丫环起名"自

名师导读

❶ 她一方面想以"穆女士"的称谓证明自己是独立女性，一方面又不客气地花着丈夫的钱，做着名副其实的"太太"。她的言与行、真实内心与外在言行的矛盾对比鲜明，将其虚伪冷漠的丑陋嘴脸刻画得淋漓尽致，使批判入木三分。【巧用对比】

❷ 作者连用两个反问句，加强语气，增强了文章的讽刺效果，突出表现了主人公生活忙碌而空虚。虽经常参加集会、公益活动等，但对社会并无实际贡献。而她自己却认为"她的生命是献给社会的"。【运用反问】

由",但又百般役使她们,不给她们以尊重,表现了她伪善的嘴脸。【直接描写】)

"自由,我嘱咐你多少回了!"穆女士看看钟,快九点了,她消了点气,是喜欢自己能一气睡到九点,身体定然不错;她得为社会而心疼自己,她需要长时间的睡眠。

"不是,太太,女士!"自由想解释一下。

"说,有什么事!别磨磨蹭蹭的!"

"方先生要见女士。"

"哪个方先生?方先生可多了,你还会说话呀!"

"老师方先生。"

"他又怎样了?"

"他说他的太太死了!"自由似乎很替方先生难过。

"不用说,又是要钱!"穆女士从枕头底下摸出小皮夹来:"去,给他二十,叫他快走;告诉明白,我在吃早饭前不见人。"❶

自由走出去后,穆女士又想起来:方先生家里落了丧事,二少爷怎么办呢?无缘无故的死哪门子人,又叫少爷得荒废好几天的学!穆女士是极注意子女教育的。

"自由,开饭!"她赌气似的大喊。

穆女士最恨一般人吃得太多,所以她的早饭很简单:一大盘火腿蛋,两块黄油面包,草果果酱,一杯加乳咖啡。她曾提倡俭食:不要吃五六个窝头,或四大碗黑面条,而多吃牛乳与黄油。没人响应,好事是得不到响应的。她只好自己实行这个主张,自己单雇了个会做西餐的厨子。(她的早饭极其丰富,却说"她的早饭很简单";她吃着一般人吃不起的牛乳和黄油,却说"她曾提倡俭食",甚至"自己单雇了个会做西餐的厨子"。较之直言指责,这样写更为有力,厌恶之情表达得更为强烈。【反话正说】)

吃着火腿蛋，她想起方先生来。方先生教二少爷读书，一月二十块钱，不算少。不过，方先生到底可怜，她得设法安慰方先生："自由，叫厨子把鸡蛋给方先生送十个去；嘱咐方先生不要煮老了，嫩着吃！"

穆女士咂摸着咖啡的回味，想象着方先生吃过嫩鸡蛋必能健康起来，足以抵抗得住丧妻的悲苦。❷继而一想，以后索性就由她供给他两顿饭，那可就得少给他几块钱。他少得几块钱，可是吃得舒服呢。她总是给别人想得这样周到；不由她，惯了。她永远体谅人怜爱人，可是谁体谅她怜爱她呢？想到这儿，她觉得生命是个空虚的东西。工作，只有工作使她充实，使她睡得香甜，使她觉到快活与自己的价值，她到书房去看这一天的工作。

（作者在描写到"她觉得生命是个空虚的东西。工作，只有工作使她充实"时，很自然地引出下文的叙述，衔接连贯。【引出下文】）

她的秘书冯女士已在书房等一点多钟了。冯女士才二十三岁，长得不算难看，一月挣十二块钱。穆女士给她的名义是秘书，按说有这么个名字，不给钱也满下得去。穆女士的交际是多么广，做她的秘书当然能有机会遇上阔人；假如嫁个阔人，一辈子有吃有喝，岂不比现在挣五六十块钱强？穆女士为别人打算老是这么周到，而且眼光很远。

名师导读

❶ 在方先生死了太太后，用"二十块钱"打发他。作者通过对穆女士语言、动作的细致描写，形象地突出了她的冷漠、无情、自私。【描写细致】

❷ 丧妻之痛岂是十个鸡蛋就能抵抗的？真是可笑！作者把人物的丑恶虚伪加以漫画式的夸张描写，将丑态推向极致，给人深刻的印象。【漫画式夸张】

见了冯女士，穆女士叹了口气："哎！今儿个有什么事？说吧！"她倒在个大椅子上。

冯女士把记事簿早已预备好了："穆女士，盲哑学校展览会，十时二十分开会；十一点十分，妇女协会，您主席；十二点，张家婚礼；下午……"（小说借秘书冯女士之口说出穆女士一天的日程安排，照应"穆女士一天到晚甭提有多忙"，再一次讽刺了穆女士的空虚。【语言描写】）

"先等等，"穆女士又叹了口气，"张家的贺礼送过去没有？"

"已经送过去了，一对鲜花篮，二十八块钱，很体面。"

"啊，二十八块的礼物不太薄——下午一共有几件事？"

"五个会呢！"

"甭告诉我，我记不住。等我由张家回来再说吧。"

穆女士不想去盲哑学校，可是又怕展览会相片上没有自己，怪不合适。她决定晚去一会儿，正赶上照相才好。这么决定了，她很想和冯女士再说几句，倒不是因为冯女士有什么可爱的地方，而是她自己觉得空虚，愿意说点什么……解解闷儿。她想起方先生来：

"冯，方先生的妻子过去了，我给他送了二十块钱去，和十个鸡蛋，怪可怜的方先生！"穆女士的眼圈真的有点发湿了。

冯女士早知道方先生是自己来见汪太太，她不见，而给了二十块钱，可是她晓得主人的脾气："方先生真可怜！可也是遇见女士这样的人，赶着给他送了钱去！"（通过对次要人物冯女士的描写，折射出一些人对富人察言观色、迎合拍马，对无钱无势的人冷漠无情的势利和自私，增强了小说的批判性，深化了小说主题。【深化主题】）

穆女士脸上有点笑意，"我永远这样待人；连这么着还讨不出好儿来，人世是无情的！"

"谁不知道女士的慈善与热心呢！"

"哎！也许！"穆女士脸上的笑意扩展得更宽了些。

"二少爷的书又得荒废几天！"冯女士很关心似的。

"可不是，老不叫我心静一会儿！"

"要不我先好歹的教着他？我可是不很行呀！"

"你怎么不行！我还真忘了这个办法呢！你先教着他得了，我亏不了你！"

"您别又给我报酬，反正就是几天的事，方先生事完了还叫方先生教。"

穆女士想了会儿，"冯，这么办好不好？你就教下去，我每月一共给你二十五块钱，岂不是很好？"*（让秘书冯女士接替方先生的教职，却一共给她每月25元，比两人的工资加起来少了7块钱。真是善于算计，揭示出一个处处标榜为"救世者"的"善人"沽名钓誉、自私自利的伪善嘴脸。【对话描写】）*

"就是有点对不起方先生！"

"那没什么，反正他丧了妻，家中的嚼谷〔嚼谷（jiáo gu）：指生活费、口粮。常见于北京口语〕小了；遇机会我再给他弄个十块八块的事；那没什么！我可该走了，哎！一天一天的，真累死人！"

名师伴你读 MING SHI BAN NI DU

阅读理解

小说中的穆女士，也是受过新式教育的新女性，整天叫喊着"自由、博爱、平等"，忙于参加各种集会，因为"她的生命是献给社会的"，"她是为救世而来的"，就连自己的女仆她也取名为"自由""博爱"，就是这样一个标榜自己"博爱"的"新女性"却连家庭教师和秘书的几块钱工资也要克扣，足见其"博爱"是何等虚伪。作者以他深邃的目光察觉到了"自由"所带来的不利影响：这些"新"女性，从头到尾，只不过是在玩儿一种所谓新的洋学生所崇尚的洋游戏。并通过自己特有的方式提醒人们：在追求个人的自由前，必须对自由的前提和局限有所了解，只有这样，所追求的才是自由的真谛。

好词好句

嘱咐　磨磨蹭蹭　无缘无故　荒废　提倡

◆ 穆女士最恨一般人吃得太多，所以她的早饭很简单：一大盘火腿蛋，两块黄油面包，草果果酱，一杯加乳咖啡。她曾提倡俭食：不要吃五六个窝头，或四大碗黑面条，而多吃牛乳与黄油。没人响应，好事是得不到响应的。她只好自己实行这个主张，自己单雇了个会做西餐的厨子。

学习要点

1. 巧用对比：小说借穆女士自身言与行的种种矛盾达到讽刺效果。

2. 正话反说：小说多处反话正说，本来穆女士虚伪冷酷，作者却称她为"善人"；本来她是极其自私冷漠的，却说她"永远体谅人怜爱人""总是给别人想得这样周到"。作者这样写使这一人物形象更加可鄙可笑。

马裤先生

火车在北平东站还没开，同屋那位睡上铺的穿马裤，戴平光的眼镜，青缎子洋服上身，胸袋插着小楷羊毫，足蹬青绒快靴的先生发了问："你也是从北平上车？"很和气的。❶

火车还没动呢，不从北平上车，难道由——由哪儿呢？我只好反攻了："你从哪儿上车？"

他没言语。看了看铺位，用尽全身的力气喊了声，"茶房！"

茶房正忙着给客人搬东西，找铺位。可是听见这么紧急的一声喊，就是有天大的事也得放下，茶房跑来了。

"拿毯子！"马裤先生喊。

"请少待一会儿，先生，"茶房很和气地说，"一开车，马上就给您铺好。"

马裤先生用食指挖了鼻孔一下，别无动作。（这位马裤先生外表斯文，一派绅士风度，但这个挖鼻孔的动作泄露了天机，暴露

名师导读

❶ 本文马裤先生一出场的一身行头：上身穿"青缎子洋服"，下身"穿马裤"，"足蹬青绒快靴"。其打扮可谓不伦不类，滑稽可笑。以这个开场来暗示读者接下来的故事将会是一个讽刺性的幽默故事。【巧用暗示】

了他毫无公众意识的小市民形象。【动作描写】)

　　茶房刚走开两步。

　　"茶房！"这次连火车好似都震得直动。

　　茶房像旋风似的转过身来。（作者运用夸张的手法准确地写出了马裤先生在公众场合大声喧哗、肆无忌惮的样子。【运用夸张】)

　　"拿枕头！"

"先生，请等一等，您等我忙过这会儿去，毯子和枕头就一齐全到。"茶房说得很快，可依然是很和气。

茶房看马裤客人没任何表示，刚转过身去要走，这次火车确是哗啦了半天，"茶房！"

茶房差点吓了个跟头，赶紧转回身来。

"拿茶！"

"先生请略微等一等，一开车茶水就来。"

马裤先生没任何的表示。茶房故意地笑了笑，表示歉意。然后搭讪着慢慢地转身，以免快转又吓个跟头。❶转好了身，腿刚预备好要走，背后打了个霹雳，"茶房！"

茶房不是假装没听见，便是耳朵已经震聋，竟自没回头，一直地快步走开。

"茶房！茶房！茶房！"马裤先生连喊，一声比一声高；站台上送客的跑过一群来，以为车上失了火，要不然便是出了人命。茶房始终没回头。马裤先生又挖了鼻孔一下，坐在我的床上。❷"你坐二等？"这是问我呢。我又毛了，我确是买的二等，难道上错了车？

"你呢？"

"二等。这是二等。二等有卧铺。快开车了吧？茶房！"

他站起来，数他自己的行李，一共八件，全堆在另一卧铺上——两个上铺都被他占了。数了两次，又说了话："你的行李呢？"

"我没有行李。"

"呕？！"他确是吓了一跳，好像坐车不带行李是大逆不道❶似的。"早知道，我那四只皮箱也可以不打行李票了！"

这回该轮着我了，"呕？！"我心里说，"幸而是如此，不然的话，把四只皮箱也搬进来，还有睡觉的地方啊？！"

我对面的铺位也来了客人，他也没有行李，除了手中提着个扁皮夹。

"呕？！"马裤先生又出了声，"早知道你们都没行李，那口棺材也可以不另起票了！"（马裤先生看到"我"和另一位客人没有行李而后悔自己的行李不应该买行李票，他正在为自己多花出去的钱而惋惜，形象地表现了马裤先生的吝啬。【语言描写】）

我决定了。下次旅行一定带行李；真要陪着棺材睡一夜，谁受得了！

茶房从门前走过。

"茶房！拿毛巾把！"

"等等。"茶房似乎下了抵抗的决心。

马裤先生把领带解开，摘下领子来，分别挂在铁钩上：所有的钩子都被占了，他的帽子，大衣，已占了两个。车开了，他顿时想起买报，"茶房！"

茶房没有来。我把我的报赠给他；我的耳鼓出的主意。

他爬上了上铺，在我的头上脱靴子，并且击打靴底上的土。（一个穿着如此文明的人做出来的事却是如此不文明：他在"我"的头上脱靴子，并且击打靴底的土。作者抓住马裤先生的细节动作，表现了他不懂基本礼仪，增强了表达效果。【动作描写】）枕着个手提箱，用我的报纸盖上脸，车还没到永定门，他睡着了。

我心中安坦了许多。

到了丰台，车还没站住，上面出了声，"茶房！"没等茶房答应，他又睡着了；大概这次是梦话。

过了丰台，大概还没到廊房，上面又打了雷，"茶房！"

茶房来了，眉毛拧得好像要把谁吃了才痛快。❷

"干吗？先——生——"

"拿茶！"上面的雷声响亮。

"这不是两壶？"茶房指着小桌说。

"上边另要一壶！"

"好吧！"茶房退出去。

"茶房！"

茶房的眉毛拧得直往下落毛。

"不要茶，要一壶开水！"

"好啦！"

"茶房！"（作者在描写马裤先生和茶房的对话时，没有过多的细节描写，如此布局能给读者充分的想象空间，增加阅读的趣味性。【对话描写】）

我直怕茶房的眉毛脱净！

"拿毯子，拿枕头，打手巾把，拿——"似乎没想起拿什么好。

❶ 大逆不道：逆，叛逆；不道，违反封建道德。旧时统治阶级对破坏封建秩序的人所加的重大罪名。

❷ 对于茶房，作者抓住了眉毛进行描写。面部表情最能表现人物的情感，茶房的眉毛"拧得好像要把谁吃了才痛快"，表明在马裤先生的"狂轰滥炸"下，茶房苦不堪言，痛苦万状。寥寥数字就生动地表现出茶房对马裤先生不间断的无理要求的无奈。【侧面衬托】

"先生，您等一等。天津还上客人呢；过了天津我们一总收拾，也耽误不了您睡觉！"

茶房一气说完，扭头就走，好像永远不再想回来。

马裤先生又入了梦乡，呼声只比"茶房"小一点。有时呼声稍低一点，用咬牙来补上。(本以为进入梦乡的马裤先生可以消停了，让读者意想不到的是马裤先生不仅打呼还咬牙，作者用轻松幽默的语言进行叙述，幽默中富含讽刺，将马裤先生粗鲁、肆无忌惮的小市民形象刻画得惟妙惟肖。【运用讽刺】)

有趣！

到了天津。又上来些旅客。马裤先生醒了，对着壶嘴喝了一气水。又在我头上击打靴底。穿上靴子，出溜下来，食指挖了鼻孔一下，看了看外面。"茶房！"

恰巧茶房在门前经过。

"拿毯子！"

"毯子就来。"

马裤先生出去，呆呆地立在走廊中间，专为阻碍来往的旅客与脚夫。忽然用力挖了鼻孔一下，走了。下了车，看看梨，没买；看看报，没买。又上来了，向我招呼了声，"天津，唉？"我没言语。他向自己说，"问问茶房，"紧跟着一个雷，"茶房！"我后悔了，赶紧地说，"是天津，没错儿。"

"总得问问茶房；茶房！"

我笑了，没法再忍住。

车好容易又从天津开走。

刚一开车，茶房给马裤先生拿来头一份毯子枕头和手巾把。马裤先生用手巾把耳鼻孔全钻得到家，这一把手巾擦了至少有一刻钟，最后用手巾擦了擦手提箱上的土。

我给他数着，从老站到总站的十来分钟之间，他又喊了四五十声茶房。茶房只来了一次，他的问题是火车向哪面走呢？茶房的回答是不知道；于是又引起他的建议，车上总该有人知道，茶房应当负责去问。茶房说，连驶车的也不晓得东西南北。于是他几乎变了颜色，万一车走迷了路？！茶房没再回答，可是又掉了几根眉毛。他又睡了，这次是在头上捧了捧袜子，可是一口痰并没往下唾，而是照顾了车顶。（"照顾"一词幽默风趣，极具讽刺意味。【反讽手法】）

我睡不着是当然的，我早已看清，除非有一对"避呼耳套"当然不能睡着。可怜的是别屋的人，他们并没预备来熬夜，可是在这种带钩的呼声下，还只好是白瞪眼一夜。

我的目的地是德州，天将亮就到了。谢天谢地！

车在此处停半点钟，我雇好车，进了城，还清清楚楚地听见"茶房！"一个多礼拜了，我还惦记着茶房的眉毛呢！

名师伴你读 MING SHI BAN NI DU

阅读理解

这是一篇短篇小说，整个故事顺着时间进行，段落清楚，结构简单分明。故事集中描写马裤先生的言行，以及他和茶房之间的互动。小说的主人公马裤先生称得上是集负面之小成：他为人小气，好虚荣，不懂基本的礼仪，对于"耻"更没有基本概念。作者在写这篇小说的时候使用了极为精简的语言，让人读起来有种格外活泼的感觉。

好词好句

搭讪　大逆不道　阻碍　清清楚楚

◆ "茶房！茶房！茶房！"马裤先生连喊，一声比一声高；站台上送客的跑过一群来，以为车上失了火，要不然便是出了人命。

◆ 马裤先生又进入了梦乡，呼声只比"茶房"小一点。有时呼声稍低一点，用咬牙来补上。

◆ 他又睡了，这次是在头上摔了摔袜子，可是一口痰并没往下唾，而是照顾了车顶。

学习要点

1. 语言幽默：小说中的每一个字、每一个词都安排巧妙，以幽默诙谐的语言来描述，令读者阅读时忍俊不禁。

2. 结构严谨：整个故事顺着时间进行，段落清楚，结构简单分明。故事可以分为几个段落，每一个段落均是由马裤先生大喊"茶房！"时开始，并在叙述者内心发表意见后结束。

3. 含义深刻：马裤先生这个人表现出了人性刻薄的一面；但更深一层看，他并不是个十恶不赦的坏蛋，而更像是我们自身缺点的大集合。大部分的人内心深处都有一点虚荣，或者一点刻薄，也许还有一点趾高气扬；而马裤先生就像是这种夸张了的、负面的人性。

黑白李

① 作者用平实的语言介绍了"黑白李"名字的由来，解除了读者的疑虑和困惑，也为小说结尾黑李替白李牺牲埋下了伏笔。【巧埋伏笔】

　　爱情不是他们兄弟俩这档子事的中心，可是我得由这儿说起。

　　黑李是哥，白李是弟，哥哥比弟弟大着五岁。俩人都是我的同学，虽然白李一入中学，黑李和我就毕业了。黑李是我的好友；因为常到他家去，所以对白李的事儿我也略知一二。五年是个长距离，在这个时代。这哥儿俩的不同正如他们的外号——黑，白。黑李要是"古人"，白李是现代的。他们俩并不因此打架吵嘴，可是对任何事的看法也不一致。黑李并不黑，只是在左眉上有个大黑痣，因此他是"黑李"；弟弟没有那么个记号，所以是"白李"；这在给他们送外号的中学生们看，是很逻辑的。其实他俩的脸都很白，而且长得极相似。①

　　他俩都追她——恕不道出姓名了——她说不清到底该爱谁，又不肯说谁也不爱。于是大家替他们弟兄捏着把汗。明知他俩不肯吵架，可是爱情这玩艺是不讲交情的。

可是，黑李让了。

我还记得清清楚楚：正是个初夏的晚间，落着点小雨，我去找他闲谈，他独自在屋里坐着呢，面前摆着四个红鱼细瓷茶碗。我们俩是用不着客气的，我坐下吸烟，他摆弄那四个碗。转转这个，转转那个，把红鱼要一点不差地朝着他。摆好，身子往后仰一仰，像画家设完一层色那么退后看看。然后，又逐一的转开，把另一面的鱼们摆齐。又往后仰身端详了一番，回过头来向我笑了笑，笑得非常天真。

他爱弄这些小把戏。对什么也不精通，可是什么也爱动一动。他并不假充行家，只信这可以养性。不错，他确是个好脾性的人。有点小玩艺，比如黏补旧书等等，他就平安的消磨半日。（作者运用白描的手法向我们介绍黑李：他是个好脾性的人，像黏补旧书这样的闲

事，他就可以消磨半日。一个安逸、悠然的人物形象映入读者眼帘。【妙用白描】）

叫了我一声，他又笑了笑，"我把她让给老四了。"按着大排行，白李是四爷，他们的伯父屋中还有弟兄呢。"不能因为个女子失了兄弟们的和气。"❶

"所以你不是现代人。"我打着哈哈说。

"不是；老狗熊学不会新玩艺了。三角恋爱，不得劲儿。我和她说了，不管她是爱谁，我从此不再和她来往。觉得很痛快！"

"没看见过这么讲恋爱的。"

"你没看见过？我还不讲了呢。干她的去，反正别和老四闹翻了。将来咱俩要来这么一出的话，希望不是你收兵，就是我让了。"

"于是天下就太平了？"

我们笑开了。

过了有十天吧，黑李找我来了。我会看，每逢他的脑门发暗，必定是有心事。每逢有心事，我俩必喝上半斤莲花白❷。我赶紧把酒预备好，因为他的脑门不大亮嘛。

喝到第二盅上，他的手有点哆嗦。这个人的心里存不住事。遇上点事，他极想镇定，可是脸上还泄露出来。他太厚道。（黑李以为自己退出这个三角恋关系，是为了兄弟的和气。但事与愿违，自己还受了埋怨。忠厚老

名师导读

❶ 从"不能因为个女子失了兄弟们的和气"这句话中可以看出黑李是很爱护弟弟的，十分看重兄弟之情【语言描写】

❷ 莲花白：一种高级滋补酒，是北京地区历史最悠久的佳酿之一，酒性柔和，芳香宜人。以白莲花的蕊入酒，故称莲花白。

实的黑李应该怎么也想不明白结局会是这样。"他的手有点哆嗦""他极想镇定，可是脸上还泄露出来"。作者对黑李的细节描写十分到位，符合人物的性格特点。【描写细致】）

"我刚从她那儿来，"他笑着，笑得无聊；可还是真的笑，因为要对个好友道出胸中的闷气。这个人若没有好朋友，是一天也活不了的。

我并不催促他；我俩说话用不着忙，感情都在话中间那些空子里流露出来呢。彼此对看着，一齐微笑，神气和默默中的领悟，都比言语更有分量。要不怎么白李一见我俩喝酒就叫我们"一对糟蛋"呢。

"老四跟我好闹了一场。"他说，我明白这个"好"字——第一他不愿说兄弟间吵了架，第二不愿只说弟弟不对，即使弟弟真是不对。这个字带出不愿说而又不能不说的曲折。"因为她。我不好，太不明白女子心理。那天不是告诉你，我让了吗？我是居心无愧，她可出了花样。她以为我是特意羞辱她。你说对了，我不是现代人，我把恋爱看成该怎样就怎样的事，敢情人家女子愿意'大家'在后面追随着。她恨上了我。这么报复一下——我放弃了她，她断绝了老四。老四当然跟我闹了。所以今天又找她去，请罪。她骂我一顿，出出气，或者还能和老四言归于好。我这么希望。哼，她没骂我。她还叫我和老四都做她的朋友。这个，我不能干，我并没这么明对她讲，我上这儿跟你说说。我不干，她自然也不再理老四。老四就得再跟我闹。"

"没办法！"我替他补上这一小句。过了一会儿，"我找老四一趟，解释一下？"

"也好。"他端着酒盅愣了会儿，"也许没用。反正我不再和她来往。老四再跟我闹呢，我不言语就是了。"

我们俩又谈了些别的，他说这几天正研究宗教。我知道他的读书全凭兴之所至，我决不会因为谈到宗教而想他有点厌世，或是精神上

有什么大的变动。❶

哥哥走后，弟弟来了。白李不常上我这儿来，这大概是有事。他在大学还没毕业，可是看起来比黑李精明着许多。他这个人，叫你一看，你就觉得他应当到处做领袖，每一句话，他不是领导着你走上他所指出的路子，便是把你绑在断头台上。他没有客气话，和他哥哥正相反。❷

我对他也不便太客气了，省得他说我是糟蛋。

"老二当然来过了？"他问，黑李是大排行行二。"也当然跟你谈到我们的事？"我自然不便急于回答，因为有两个"当然"在这里。果然，没等我回答，他说了下去："你知道，我是借题发挥？"

我不知道。

"你以为我真要那个女人吗？"他笑了，笑得和他哥哥一样，只是黑李的笑向来不带着这不屑于对我笑的劲儿。"我专为和老二捣乱，才和她来往；不然，谁有工夫招呼她？男与女的关系，从根儿上说，还不是……为这个，我何必非她不行？老二以为这个关系应当叫作神圣的，所以他郑重地向她磕头，及至磕了一鼻子灰，又以为我也应当去磕，对不起，我没那个瘾！"他哈哈地笑起来。

(作者对白李进行了详细的语言和神态描写。

名师 导 读

❶ "我们俩又谈了些别的，他说这几天正研究宗教。"这句话为下文"我"看见黑李进礼拜堂做铺垫，增强了小说故事情节的完整性。【做铺垫】

❷ 作者运用白描的手法为我们刻画了一个敢作敢为，颇具领导风范的人物形象，"你就觉得他应当到处做领袖"给读者留下丰富的想象和再创造空间，也为下文白李领导洋车夫砸电车事件做了铺垫。【巧用白描】

在白李的话中用到了多个反问句，加强语气，使其思想更鲜明、强烈。白李无意于恋爱，更不会像黑李一样去"郑重地向她磕头"，他做的这一切仅仅是为了跟黑李捣乱，由此可见白李是一个受到新思潮影响，从而摆脱了旧观念的现代青年，与黑李形成了鲜明对比。【对比描写】)

　　我没笑，也不敢插嘴。我很留心听他的话，更注意看他的脸。脸上处处像他哥哥，可是那股神气又完全不像他的哥哥。这个，使我忽而觉得是和一个顶熟识的人说话，忽而又像和个生人对坐着。我有点不舒坦——看着个熟识的面貌，而找不到那点看惯了的神气。❶

　　"你看，我不磕头；得机会就吻她一下。她喜欢这个，至少比受几个头更过瘾。不过，这不是正笔。正文是这个，你想我应当老和二爷在一块儿吗？"

　　我当时回答不出。

　　他又笑了笑——大概心中是叫我糟蛋呢。"我有我的志愿，我的计划；他有他的。顶好是各走各的路，是不是？"

　　"是；你有什么计划？"我好容易想起这么一句；不然便太僵得慌了。

　　"计划，先不告诉你。得先分家，以后你就明白我的计划了。"

　　"因为要分居，所以和老二吵；借题发挥？"我觉得自己很聪明似的。

　　他笑着点了头；没说什么，好像准知道我还有一句呢。我确是有一句："为什么不明说，而要吵呢？"

　　"他能明白我吗？你能和他一答一和地说，我不行。我一说分家，他立刻就得落泪。然后，又是那一套——母亲去世的时候，说什么来着？不是说咱俩老得和美吗？他必定说这一套，好像活人得叫死人管着似的。还有一层，一听说分家，他管保不肯，而愿把家产都给了我，我不想占便宜，他老拿我当作'弟弟'，老拿自己的感情限定住别人的行动，老假装他明白我，其实他是个时代落伍者。这个时代是我的，用不着他来操心管我。" **❷** 他的脸上忽然很严肃了。

看着他的脸，我心中慢慢地起了变化——白李不仅是看不起"俩糟蛋"的狂傲少年了，他确是要树立住自己。我也明白过来，他要是和黑李慢慢地商量，必定要费许多动感情的话，要讲许多弟兄间的情义；即使他不讲，黑李总要讲的。与其这样，还不如吵，省得拖泥带水；他要一刀两断，各自奔前程。再说，慢慢地商议，老二决不肯干脆地答应。老四先吵嚷出来，老二若还不干，便是显着要霸占弟弟的财产了。猜到这里，我心中忽然一亮：

"你是不是叫我对老二去说？"

"一点不错。省得再吵。"他又笑了。"不愿叫老二太难堪了，究竟是弟兄。"似乎他很不喜欢说这末后的两个字——弟兄。(就连身为外人的"我"都听出白李不愿意承认两个人之间的兄弟关系，这从侧面写出了此时两人之间的观念差异已经达到了一个最高点。【引人深思】)

我答应了给他办。

"把话说得越坚决越好。二十年内，我俩

名师**导读**

❶ 作者在这句话中运用破折号，表示解释说明，解释自己不舒坦的理由，益于读者理解。【巧用标点】

❷ 作者借白李之口说出了黑李的人物性格，他爱护弟弟，完全是出于传统的孝悌观念，黑李是个深受传统道德观念影响的旧式人物，受母亲遗命，极力地维护家庭的完整和美，不管什么事情都让着弟弟，只要能保全兄弟之谊，即使是女友、家产和性命，他也在所不计。他是一个"时代落伍者。"【语言朴实】

不能作弟兄。"他停了一会儿，嘴角上挤出点笑来。"也给老二想了，顶好赶快结婚，生个胖娃娃就容易把弟弟忘了。二十年后，我当然也落伍了，那时候，假如还活着的话，好回家做叔叔。❶ 不过，告诉他，讲恋爱的时候要多吻，少磕头，要死追，别死跪着。"他立起来，又想了想，"谢谢你呀。"他叫我明明的觉出来，这一句是特意为我说的，他并不负要说的责任。

为这件事，我天天找黑李去。天天他给我预备好莲花白。吃完喝完说完，无结果而散。至少有半个月的工夫是这样。我说的，他都明白，而且愿意老四去创练创练。可是临完的一句老是"舍不得老四呀！"

"老四的计划？计划？"他走过来，走过去，这么念道。眉上的黑痣夹陷在脑门的皱纹里，看着好似缩小了些。"什么计划呢？你问问他，问明白我就放心了。"❷

"他不说。"我已经这么回答过五十多次了。（作者回答黑李的次数可能没有五十多次，作者运用夸张的手法突出表现黑李着急、担心的心情。【巧用夸张】）

"不说便是有危险性！我只有这么一个弟弟！叫他跟我吵吧，吵也是好的。从前他不这样，就是近来才和我吵。大概还是为那个女的！劝我结婚？没结婚就闹成这样，还结婚！什么计划呢？真分家？他爱要什么拿什么好了。大概是我得罪了他，我虽不跟他吵，我知道我也有我的主张。什么计划呢？他要怎样就怎样好了，何必分家……"

这样来回磨，一磨就是一点多钟。他的小玩艺也一天比一天增多：占课、打卦、测字、研究宗教……什么也没能帮助他推测出老四的计划，只添了不少的小恐怖。这可并不是说，他显着怎样的慌张。不，他依旧是那么婆婆妈妈的。他的举止动作好像老追不上他的感情，无论心中怎样着急，他的动作是慢的，慢得仿佛是拿生命当作玩艺儿似的逗弄着。

我说老四的计划是指着将来的事业而言，不是现在有什么具体的办法。他摇头。

就这么耽延着，差不多又过了一个多月。

"你看。"我抓住了点理，"老四也不催我，显然他说的是长久之计，不是马上要干什么。"

他还是摇头。

时间越长，他的故事越多。有一个礼拜天的早晨，我看见他进了礼拜堂❸。也许是看朋友，我想。在外面等了他一会儿。他没出来。不便再等了，我一边走一边想：老李必是受了大的刺激——失恋，弟兄不和，或者还有别的。只就我知道的这两件事说，大概他已经支持不下去了。他的动作仿佛是拿生命当作小玩艺，那正是因他对任何小事都要慎重地考虑。茶碗上的花纹摆不齐都觉得不舒服。哪一件小事也得在他心中摆好，摆得使良心上舒服。上礼拜堂去祷告，为是坚定良心。良心是古圣先贤给他制备好了的，可是他又不愿将一切新事新精神一笔抹杀。结果，他"想"怎样，老不如"已是"怎样来得现成，他不知怎样才好。他大概是真爱她，可是为了弟弟，不能不放弃她，而且失恋是说不出口的。他常对我说，"咱们也坐一回飞机。"说完，他一笑，不是他笑呢，是"身体发肤，受之父母"①笑呢。

过了晌午，我去找他。按说一见面就得谈老四，在过去的一个多月都是这样。这次他变了花样，眼睛很亮，脸上有点极静适的笑意，好像是又买着一册善本的旧书。(黑李不再担心，不再一见面就谈老四，而是"眼睛很亮，脸上有点极静适的笑意"，黑李为什么会发生如此变化呢？作者在这里设置了悬念。善本：指核勘严密、刻印精美的古籍。【设置悬念】)

"看见你了。"我先发了言。

他点了点头，又笑了一下，"也很有意思！"

什么老事情被他头次遇上，他总是说这句。对他讲个闹鬼的笑话，也是"很有意思！"他不和人家辩论鬼的有无，他信那个故事，"说不定世上还有比这更奇怪的事"。据他看，什么事都是可能的。因此，他接受的容易，可就没有什么精到的见解。他不是不想多明白些，但是每每在该用脑筋的时候，他用了感情。

"道理都是一样的。"他说，"总是劝人为别人牺牲。"

"你不是已经牺牲了个爱人？"我愿多说些事实。

"那不算，那是消极的割舍，并非由自己身上拿出点什么来。这十来天，我已经读完《四福音书》。②我也想好了，我应当分担老四的事，不应当只是不准他离开我。你想想吧，设若真是专为分家产，为什么不来跟我明说？"

"他怕你不干。"我回答。

"不是！这几天我用心想过了，他必是真有个计划，而且是有危险性的。所以他要一刀两断，以免连累了我。你以为他年轻，一冲子性？他正是利用这个骗咱们；他实在是体谅我，不肯使我受屈。把我放在安全的地方，他好独作独当地去干。必定是这样！我不能撒手他，我得为他牺牲，母亲临去世的时候——"
他没往下说，因为知道我已听熟了那一套。

我真没想到这一层。可是还不深信他的
话；焉知他不是受了点宗教的刺激而要充分
地发泄感情呢？

我决定去找白李，万一黑李猜得不错
呢！是，我不深信他的话，可也不敢耍玄虚。

怎样找也找不到白李。学校、宿舍、图
书馆、网球场、小饭铺，都看到了，没有他
的影儿。和人们打听，都说好几天没见着他。
这又是白李之所以为白李；黑李要是离家几
天，连好朋友们他也要通知一声。白李就这
么人不知鬼不觉地不见了。我急出一个主意
来——上"她"那里打听打听。

她也认识我，因为我常和黑李在一块
儿。她也好几天没见着白李。她似乎很不满
意李家兄弟，特别是对黑李。我和她打听白
李，她偏跟我谈论黑李。我看出来，她确是
注意——假如不是？爱黑李？大概她是要圈
住黑李，做个标本。有比他强的呢，就把他
免了职；始终找不到比他高明的呢，最后也
许就跟了他。这么一想，虽然只是一想，我
就没乘这个机会给他和她再撮合一下；按理
说应当这么办，可是我太爱老李，总觉得他
值得娶个天上的仙女。

从她那里出来，我心中打开了鼓。白李

上哪儿去了呢？不能告诉黑李！一叫他知道了，他能立刻登报找弟弟，而且要在半夜里起来占课测字。可是，不说吧，我心中又痒痒。干脆不找他去？也不行。

走到他的书房外边，听见他在里面哼唧呢。他非高兴的时候不哼唧着玩。可是他平日哼唧，不是诗便是那句代表一切歌曲的"深闺内，端的是玉无瑕"，这次的哼唧不是这些。我细听了听，他是练习圣诗呢。他没有音乐的耳朵，无论什么，到他耳中都是一个调儿。他唱出的时候，自然也还是一个调儿。无论怎样吧，反正我知道他现在是很高兴。为什么事高兴呢？

我进到屋中，他赶紧放下手中的圣诗集，非常的快活："来得正好，正想找你去呢！老四刚走。跟我要了一千块钱去。没提分家的事，没提！" ❶

显然他是没问过弟弟，那笔钱是干什么用的。要不然他不能这么痛快。他必是只求弟弟和他同居，不再管弟弟的行动；好像即使弟弟有带危险性的计划，只要不分家，便也没什么可怕的了。我看明白了这点。

"祷告确是有效，"他郑重地说，"这几天我天天祷告，果然老四就不提那回事了。即使他把钱都扔了，反正我还落下个弟弟！"

我提议喝我们照例的一壶莲花白。他笑着摇摇头："你喝吧，我陪着吃菜，我戒了酒。"

我也就没喝，也没敢告诉他，我怎么各处去找老四。老四既然回来了，何必再说？可是我又提起"她"来。他连接碴儿也没接，只笑了笑。

对于老四和"她"，似乎全没有什么可说的了。他给我讲了些《圣经》上的故事。我一面听着，一面心中嘀咕——老李对弟弟与爱人所取的态度似乎有点不大对；可是我说不出所以然来。我心中不十分安定，一直到回在家中还是这样。

又过了四五天，这点事还在我心中悬着。有一天晚上，王五来了。他是在李家拉车，已经有四年了。

王五是个诚实可靠的人，三十多岁，头上有块疤——据说是小时候被驴给啃了一口。除了有时候爱喝口酒，他没有别的毛病。

他又喝多了点，头上的疤都有点发红。

"干吗来了，王五？"我和他的交情不错，每逢我由李家回来得晚些，他总张罗把我拉回来，我自然也老给他点"酒钱"。

"来看看你。"说着便坐下了。

我知道他是来告诉我点什么。"刚沏上的茶，来碗？"

"那敢情好；我自己倒；还真有点渴。"

我给了他支烟卷，给他提了个头儿："有什么事吧？"

"哼，又喝了两壶，心里痒痒；本来是不应当说的事！"他用力吸了口烟。

"要是李家的事，你对我说了准保没错。"

"我也这么想，"他又停顿了会儿，可是被酒气催着，似乎不能不说："我在李家四年零三十五天了！现在叫我很为难。二爷待我不错，四爷呢，简直是我的朋友。所以不好办。四爷的事，不准告诉二爷；二爷又是那么傻好的人。对二爷说吧，又对不起四爷——我的朋友。心里别提多么为难了！论理说呢，我应当向着四爷。二爷是个好人，不错；可究竟是个主人。多么好的主人也还

名师导读

❶连续两个"没提"，透露出黑李的快活心情，一个重情重义、简单纯朴的人物形象跃然纸上。【语言描写】

是主人，不能肩膀齐为弟兄。他真待我不错，比如说吧，在这老热天，我拉二爷出去，他总设法在半道上耽搁会儿，什么买包洋火呀，什么看看书摊呀，为什么？为是叫我歇歇，喘喘气。要不，怎说他是好主人呢。他好，咱也得敬重他，这叫作以好换好。久在街上混，还能不懂这个？"❶

我又让了他碗茶，显出我不是不懂"外面"的人。他喝完，用烟卷指着胸口说："这儿，咱这儿可是爱四爷。怎么呢？四爷年轻，不拿我当个拉车的看。他们哥儿俩的劲儿——心里的劲儿——不一样。二爷吧，一看天气热就多叫我歇会儿，四爷就不管这一套，多么热的天也得拉着他飞跑。可是四爷和我聊起来的时候，他就说，凭什么人应当拉着人呢？他是为我们拉车的——天下的拉车的都算在一块儿——抱不平。二爷对'我'不错，可想不到大家伙儿。所以你看，二爷来的小，四爷来的大。四爷不管我的腿，可是管我的心；二爷是家长里短，可怜我的腿，可不管这儿。"他又指了指心口。❷

我晓得他还有话呢，直怕他的酒气教酽茶给解去，所以又紧了他一板："往下说呀，王五！都说了吧，反正我还能拉老婆舌头？"（"反正我还能拉老婆舌头？"意思是在背后说别人是非。语言很接近生活。【语言通俗】）

他摸了摸头上的疤，低头想了会儿。然后把椅子往前拉了拉，声音放得很低："你知道，电车道快修完了？电车一开，我们拉车的全玩完！这可不是为我自个儿发愁，是为大家伙儿。"他看了我一眼。

我点了点头。

"四爷明白这个；要不怎么我俩是朋友呢。四爷说：王五，想个办法呀！我说：四爷，我就有一个主意，揍！四爷说：王五，这就对了！揍！一来二去，我们可就商量好了。这我不能告诉你。我要说的是这个，"他把声音放得更低了，"我看见了，侦探跟上了四爷！未必是为这件事，可是叫侦探跟着总不妥当。这就来到难办的地方了：我要告诉二爷吧？对不起四爷；不告诉吧？又怕把二爷也饶在里面。简直的没法儿！"

把王五支走，我自己琢磨开了。

黑李猜得不错，白李确是有个带危险性的计划。计划大概不一定就是打电车，他必定还有厉害的呢。所以要分家，省得把哥哥拉扯在内。他当然是不怕牺牲，也不怕别人牺牲，可是还不肯一声不发的牺牲了哥哥——把黑李牺牲了并无济于事。现在，电车的事来到眼前，连哥哥也顾不得了。

我怎办呢？警告黑李是足以激起他的爱弟弟的热情。劝白李，不但没用，而且把王五搁在里边。

事情越来越紧了，电车公司已宣布出开车的日子。我不能再耗着了，得告诉黑李去。

他没在家，可是王五没出去。

"二爷呢？"

"出去了。"

"没坐车？"

"好几天了，天天出去不坐车！"

由王五的神气，我猜着了："王五，你告诉了他？"

王五头上的疤都紫了："又多喝了两盅，不由得就说了。"

"他呢？"

"他直要落泪。"

"说什么来着？"

"问了我一句——老五，你怎样？我说，王五听四爷的。他说了声，好。别的没说，天天出去，也不坐车。"❶

我足足的等了三点钟，天已大黑，他才回来。

"怎样？"我用这两个字问到了一切。

他笑了笑，"不怎样。"

绝没想到他这么回答我。我无须再问了，他已决定了办法。我觉得非喝点酒不可，但是独自喝有什么味呢。我只好走吧。临别的时候，我提了句："跟我出去玩几天，好不好？"

"过两天再说吧。"他没说别的。

感情到了最热的时候是会最冷的。想不到他会这样对待我。

电车开车的头天晚上，我又去看他。他没在家，直等到半夜，他还没回来。大概是故意地躲我。

王五回来了，向我笑了笑，"明天！"

"二爷呢？"

"不知道。那天你走后，他用了不知什么东西，把眉毛上的黑痦子烧去了，对着镜子直出神。"

完了，没了黑痦，便是没有了黑李，不必再等他了。❷

我已经走出大门，王五把我叫住："明天我要是——"他摸了摸头上的疤，"你可照应着点我的老娘！"

约莫五点多钟吧，王五跑进来，跑得连裤子都湿了。"全——揍了！"他再也说不出话来。直喘了不知有多少工夫，他才缓过气来，抄起茶壶对着嘴喝了一气。"啊！全揍了！马队冲下来，我们才散。小马六叫他们拿去了，看得真真的。我们吃亏没有家伙，专仗着砖头哪行！小马六要玩完。"

"四爷呢？"我问。

"没看见，"他咬着嘴唇想了想。"哼，事闹得不小！要是拿的话呀，准保是拿四爷，他是头目。可也别说，四爷并不傻，别看他年轻。小马六要玩完，四爷也许不能。"

"也没看见二爷？"

"他昨天就没回家。"他又想了想，"我得在这儿藏两天。"

"那行。"

第二天早晨，报纸上登出——砸车暴徒首领李——当场被获，一同被获的还有一个学生，五个车夫。

王五看着纸上那些字，只认得一个"李"字，"四爷玩完了！四爷玩完了！"低着头假装抓那块疤，泪落在报上。

消息传遍了全城，枪毙李——和小马六，游街示众。

毒花花的太阳，把路上的石子晒得烫脚，（"毒花花的太阳""石子晒得烫脚"都表现出当时"我"的那种焦急、痛苦、无奈的心情。【环境描写】）街上可是还挤满了人。一辆敞车上坐着两个人，手在背后捆着。土黄制服的巡警，灰色制服的兵，前后押着，刀光在阳光下发着冷气。车越走越近了，两个白招子随着车轻轻地颤动。前面坐着的那个，闭着眼，额上有点汗，嘴唇微动，像是祷告呢。车离我不远，他在我面前坐着摆动过去。我的泪迷住了我的心。等车过去半天，我才醒了过来，一直跟着车走到行刑场。他一路上连头也没抬一次。

他的眉皱着点，嘴微张着，胸上汪着血，好像死的时候正在祷告。（作者对黑李死后的样子进行了详细的描写。"好像死的时候正在祷告"可能他在祷告白李的平安，可能他在为了自己祷告，也可能……黑李的死在意料之外，也在情理之中。【神态描写】）我收了他的尸。

过了两个月，我在上海遇见了白李，要不是我招呼他，他一定就跑过去了。

"老四！"我喊了他一声。

"啊？"他似乎受了一惊。"呕，你？我当是老二复活了呢。"

大概我叫得很像黑李的声调，并非有意的，或者是在我心中活着的黑李替我叫了一声。

白李显着老了一些，更像他的哥哥了。我们俩并没说多少话，他好似不大愿意和我多谈。只记得他的这么两句：

"老二大概是进了天堂，他在那里顶合适了；我还在这儿砸地狱的门呢。"

名师伴你读 MING SHI BAN NI DU

阅读理解

老舍的短篇小说一般采用单线结构，但《黑白李》却采用了双线结构，在传奇故事的外壳下，隐藏着革命文学的内容，构思非常独特。明线是兄弟俩的传奇故事，暗线是白李组织洋车夫斗争的革命事迹。黑李和白李是小说的主要人物。黑李善良、软弱，具有浓重的博爱色彩，是个深受传统道德观念影响的旧式人物。而白李却是个受到新思潮影响，敢作敢为的现代青年。二人不同的性格特点造就了不同的人生命运。文章语言通俗，文字朴实，为我们呈现一个传奇故事的同时也带来了巨大的震撼。

好词好句

端详　镇定　泄露　催促　言归于好　借题发挥　郑重　难堪
祷告　张罗　耽搁　无济于事

◆ 喝到第二盅上，他的手有点哆嗦。这个人的心里存不住事。遇上点事，他极想镇定，可是脸上还泄露出来。他太厚道。

◆ 他在大学还没毕业，可是看起来比黑李精明着许多。他这个人，叫你一看，你就觉得他应当到处做领袖，每一句话，他不是领导着你走上他所指出得路子，便是把你绑在断头台上。他没有客气话，和他哥哥正相反。

◆ "老四的计划？计划？"他走过来，走过去，这么念道。眉上的黑痣夹陷在脑门的皱纹里，看着好似缩小了些。"什么计划呢？你问问他，问明白我就放心了。"

学习要点

1.语言通俗：文章延续老舍一贯的语言作风，文笔通俗，贴近大众。

2.明暗结合：作者采用明线和暗线相结合的方法，使故事更传奇，寓意更深刻。

月牙儿

一

　　是的，我又看见月牙儿了，带着点寒气的一钩儿浅金。多少次了，我看见跟现在这个月牙儿一样的月牙儿；多少次了，它带着种种不同的感情，种种不同的景物，当我坐定了看它，它一次一次的在我记忆中的碧云上斜挂着。● 它唤醒了我的记忆，像一阵晚风吹破一朵欲睡的花。

二

　　那第一次，带着寒气的月牙儿确是带着寒气。它第一次在我的云中是酸苦，它那一点点微弱的浅金光儿照着我的泪。那时候我也不过是七岁吧，一个穿着短红棉袄的小姑娘。● 戴着妈妈给我缝的一顶小帽儿，蓝布的，上面印着小小的花，我记得。我倚着那间小屋的门垛，看着月牙儿。屋里是药味，烟味，妈妈的眼泪，爸爸的病；我独自在台阶上看着月牙儿，没人招呼我，没人顾得给我做晚饭。我晓得屋里的惨凄，因为大家说爸爸的病……可是我更感觉自己的悲惨，我冷，饿，没人理我。一直的我立到月牙儿落下去。什么也没有了，我不能不哭。可是我的哭声被妈妈的压下去；爸，不出声了，面上蒙了块白布。我要掀开白布，再看看爸，可是我不敢。屋里只是那么点点地方，都被爸占了去。妈妈穿上白衣，我的红袄上也罩了个没缝襟边的白袍，我记得，因为不断地撕扯襟边上的白丝儿。大家都很忙，嚷嚷的声儿很高，哭得很恸，可是事情并不多，也似乎值不得嚷：爸爸就装入那么一个四块薄板的棺材里，到处都是缝子。然后，五六个人把他抬了走。妈和我在后边哭。我记得爸，记得爸的木匣。那个木匣结束了爸的一切：每逢我想起爸来，我就想到非打开那个木匣不能见着他。但是，那木匣是深深地埋在地里，我明知在城外哪个地方埋着它，可又像落在地上的一个雨点，似乎永难找到。❸

三

妈和我还穿着白袍，我又看见了月牙儿。那是个冷天，妈妈带我出城去看爸的坟。妈拿着很薄很薄的一罗儿❹纸。妈那天对我特别的好，我走不动便背我一程，到城门上还给我买了一些炒栗子。什么都是凉的，只有这些栗子是热的；我舍不得吃，用它们热我的手。走了多远，我记不清了，总该是很远很远吧。在爸出殡的那天，我似乎没觉得这么远，或者是因为那天人多；这次只是我们

❶ 月牙儿在中国传统文化中蕴含着一种悲凉感。作者在小说的开头就奠定了全文的感情基调：悲凉。【奠定感情基调】

❷ 此时的主人公还只是个七岁的孩子，她感觉到月牙儿是带着寒气的，因为饥寒和丧父的巨大不幸正降临到这个只知道冷、饿，没人理的小女孩身上。【揭示情感】

❸ 一个人的离去就像是落在地上的雨点，即使能够找到坟地，也只是活着的人的自慰方式。【比喻恰当】

❹ 一罗儿："罗"为量词，12打（144件）为1罗。

娘儿俩，妈不说话，我也懒得出声，什么都是静寂的；那些黄土路静寂得没有头儿。天是短的，我记得那个坟：小小的一堆儿土，远处有一些高土岗儿，太阳在黄土岗儿上头斜着。妈妈似乎顾不得我了，把我放在一旁，抱着坟头儿去哭。我坐在坟头的旁边，弄着手里那几个栗子。妈哭了一阵，把那点纸焚化了，一些纸灰在我眼前卷成一两个旋儿，而后懒懒地落在地上；风很小，可是很够冷的。妈妈又哭起来。我也想爸，可是我不想哭他；我倒是为妈妈哭得可怜而也落了

泪。过去拉住妈妈的手："妈不哭！不哭！"妈妈哭得更恸了。她把我搂在怀里。眼看太阳就落下去，四外没有一个人，只有我们娘儿俩。妈似乎也有点怕了，含着泪，扯起我就走，走出老远，她回头看了看，我也转过身去：爸的坟已经辨不清了；土岗的这边都是坟头，一小堆一小堆，一直摆到土岗底下。妈妈叹了口气。我们紧走慢走，还没有走到城门，我看见了月牙儿。四外漆黑，没有声音，只有月牙儿放出一道儿冷光。(月牙儿是不会放出冷光的，但此时的"我"想爸爸、可怜妈妈，所以"我"的心里是冷冰冰的，看着月牙儿的光也是冷的。这是文章第二次描写月牙儿，衬托出"我"当时内心的苦闷和惆怅。【侧面衬托】) 我乏了，妈妈抱起我来。怎样进的城，我就不知道了，只记得迷迷糊糊的天上有个月牙儿。

四

刚八岁，我已经学会了去当❶东西。我知道，若是当不来钱，我们娘儿俩就不要吃晚饭；因为妈妈但分❷有点主意，也不肯叫我去。我准知道她每逢交给我个小包，锅里必是连一点粥底儿也看不见了。我们的锅有时干净得像个体面的寡妇。❸这一天，我拿

名师 导 读

❶ 当（dàng）：用实物做抵押向当铺借钱。

❷ 但分（dàn fēn）：只要。

❸ 将锅比喻成体面的寡妇，这是一种自嘲，也反映了此时主人公无奈的心情。【运用修辞】

的是一面镜子。只有这件东西似乎是不必要的，虽然妈妈天天得用它。这是个春天，我们的棉衣都刚脱下来就入了当铺。(“刚”字的运用非常巧妙，表示速度快，间隔时间短。衬托出主人公家境的贫穷和命运的不堪。【用词准确】)我拿着这面镜子，我知道怎样小心，小心而且要走得快，当铺是老早就上门的。我怕当铺的那个大红门，那个大高长柜台。一看见那个门，我就心跳。可是我必须进去，似乎是爬进去，那个高门槛儿是那么高。我得用尽了力量，递上我的东西，还得喊：“当当！❶”得了钱和当票，我知道怎样小心的拿着，快快回家，晓得妈妈不放心。可是这一次，当铺不要这面镜子，告诉我再添一号来。我懂得什么叫“一号”。把镜子搂在胸前，我拼命地往家跑。妈妈哭了；她找不到第二件东西。我在那间小屋住惯了，总以为东西不少；及至帮着妈妈一找可当的衣物，我的小心里才明白过来，我们的东西很少，很少。妈妈不叫我去了。可是，“妈妈咱们吃什么呢？”妈妈哭着递给我她头上的银簪——只有这一件东西是银的。我知道，她拔下过来几回，都没肯交给我去当。这是妈妈出门子(出嫁)时，姥姥家给的一件首饰。现在，她把这末(最后)一件银器给了我，叫我把镜子放下。我尽了我的力量赶回当铺，那可怕的大门已经严严地关好了。我坐在那门墩上，握着那根银簪。不敢高声地哭，我看着天，啊，又是月牙儿照着我的眼泪！哭了好久，妈妈在黑影中来了，她拉住了我的手，呕，多么热的手，我忘了一切的苦处，连饿也忘了，只要有妈妈这只热手拉着我就好。我抽抽搭搭地说：“妈！咱们回家睡觉吧。明儿早上再来！”妈一声没出。又走了一会儿：“妈！你看这个月牙，爸死的那天，它就是这么歪歪着。为什么她老这么斜着呢？”妈还是一声没出，她的手有点颤。

五

　　妈妈整天地给人家洗衣裳。我老想帮助妈妈，可是插不上手。我只好等着妈妈，非到她完了事，我不去睡。有时月牙儿已经上来，她还哼哧哼哧地洗。那些臭袜子，硬牛皮似的，都是铺子里的伙计们送来的。妈妈洗完这些"牛皮"就吃不下饭去。我坐在她旁边，看着月牙，蝙蝠专会在那条光儿底下穿过来穿过去，像银线上穿着个大菱角，极快地又掉到暗处去。我越可怜妈妈，便越爱这个月牙，因为看着它，使我心中痛快一点。它在夏天更可爱，它老有那么点凉气，像一条冰似的。我爱它给地上的那点小影子，一会儿就没了；迷迷糊糊的不甚清楚，及至影子没了，地上就特别的黑，星也特别的亮，花也特别的香——我们的邻居有许多花木，那棵高高的洋槐总把花儿落到我们这边来，像一层雪似的。②

六

　　妈妈的手起了层鳞，叫她给搓搓背顶解痒痒了。可是我不敢常劳动她，她的手是洗粗了的。她瘦，被臭袜子熏得常不吃饭。我知道妈妈要想主意了，我知道。她常把衣裳推到一边，愣着。她和自己说话。她想什么

名师导读

❶ 当当（dàng dàng）：第一个"当"是动词，指用实物做抵押向当铺借钱；第二个"当"是名词，指押在当铺里的实物。

❷ 把落在地上的洋槐花比喻成白雪，多么美丽的景色啊！此时的主人公很天真，很可爱。虽然生活贫苦，可因为有妈妈的陪伴，月牙儿特别可爱，花也特别香。【妙用比喻】

主意呢？我可是猜不着。

七

妈妈嘱咐我不叫我别扭，要乖乖地叫"爸"；她又给我找到一个爸。这是另一个爸，我知道，因为坟里已经埋好一个爸了。妈嘱咐我的时候，眼睛看着别处。她含着泪说："不能叫你饿死！"呕，是因为不饿死我，妈才另给我找了个爸！我不明白多少事，我有点怕，又有点希望——果然不再挨饿的话。多么凑巧呢，离开我们那间小屋的时候，天上又挂着月牙。这次的月牙比哪一回都清楚，都可怕；我是要离开这住惯了的小屋了。妈坐了一乘红轿，前面还有几个鼓手，吹打得一点也不好听。轿在前边走，我和一个男人在后边跟着，他拉着我的手。那可怕的月牙儿放着一点光，仿佛在凉风里颤动。❶街上没有什么人，只有些野狗追着鼓手们咬；轿子走得很快。上哪去呢？是不是把妈抬到城外去，抬到坟地去？那个男人扯着我走，我喘不过气来，要哭都哭不出来。那男人的手心出了汗，凉得像个鱼似的，我要喊"妈"，可是不敢。一会儿，月牙像个要闭上的一道大眼缝，轿子进了个小巷。

八

我在三四年里似乎没再看见月牙。新爸对我们很好，他有两间屋子，他和妈住在里间，我在外间睡铺板。我起初还想跟妈妈睡，可是几天之后，我反倒爱"我的"小屋了。屋里有白白的墙，还有条长桌，一把椅子。这似乎都是我的。我的被子也比从前的厚实暖和了。妈妈也渐渐胖了点，脸上有了红色，手上的那层鳞也慢慢掉净。

我好久没去当当了。新爸叫我去上学。有时候他还跟我玩一会儿。我不知道为什么不爱叫他"爸"，虽然我知道他很可爱。他似乎也知道这个，他常常对我那么一笑；笑的时候他有很好看的眼睛。可是妈妈偷告诉我叫爸，我也不愿十分的别扭。我心中明白，妈和我现在是有吃有喝的，都因为有这个爸，我明白。是的，在这三四年里我想不起曾经看见过月牙儿；也许是看见过而不大记得了。爸死时那个月牙儿，妈轿子前面那个月牙儿，我永远忘不了。那一点点光，那一点寒气，老在我心中，比什么都亮，都清凉，像块玉似的，有时候想起来仿佛能用手摸到似的。(让主人公忘不了的不是月牙儿，而是父亲离世时的无助、母亲改嫁时的忐忑。作者运用这种含蓄的语言让读者去领会，使读者加深对文章的理解。【巧用暗示】)

九

我很爱上学。我老觉得学校里有不少的花，其实并没有；只是一想起学校就想到花罢了，正像一想起爸的坟就想起城外的月牙儿——在野外的小风里歪歪着。❷妈妈是很爱花的，虽然买不起，可是有人送给她一朵，她

名师导读

❶ 那颤动的月牙儿就像此时的主人公，她不知道等待她的会是怎样的命运，心里很害怕，这月牙儿的形象恰是"我"心灵的折射。作者运用象征的手法使主人公忐忑不安的心态更直观地表现出来，加深读者的印象。【运用象征】

❷ 如果说月牙儿是主人公无助时的慰藉，那么花朵就是她此时心灵的写照。花朵是美丽、幸福的象征，主人公这段时期的生活是美好的。作者用美丽的花朵和悲凉的月牙儿作对比，突出主人公两种截然不同的心境。【巧作对比】

就顶喜欢地戴在头上。我有机会便给她折一两朵来；戴上朵鲜花，妈的后影还很年轻似的。妈喜欢，我也喜欢。在学校里我也很喜欢。也许因为这个，我想起学校便想起花来？

十

当我要在小学毕业那年，妈又叫我去当当了。我不知道为什么新爸忽然走了。他上了哪儿，妈似乎也不晓得。妈妈还叫我上学，她想爸不久就会回来的。他许多日子没回来，连封信也没有。我想妈又该洗臭袜子了，这使我极难受。可是妈妈并没这么打算。她还打扮着，还爱戴花；奇怪！她不落泪，反倒好笑；为什么呢？我不明白！好几次，我下学来，看她在门口儿立着。又隔了不久，我在路上走，有人"嗨"我了："嗨！给你妈捎个信儿去！""嗨！你卖不卖呀？小嫩的！"我的脸红得冒出火来，把头低得无可再低。我明白，只是没办法。我不能问妈妈，不能。她对我很好，而且有时候极郑重地说我："念书！念书！"妈是不识字的，为什么这样催我念书呢？我疑心；又常由疑心而想到妈是为我才做那样的事。妈是没有更好的办法。疑心的时候，我恨不能骂妈妈一顿。再一想，我要抱住她，央告她不要再做那个事。我恨自己不能帮助妈妈。所以我也想到：我在小学毕业后又有什么用呢？我和同学们打听过了，有的告诉我，去年毕业的有好几个做姨太太的。有的告诉我，谁当了暗门子。(女孩最终的命运是给别人当姨太太或者当暗门子。读到这里不禁让人深思：当时社会是何等黑暗啊，即便是有知识的女性也要依附于男人生活，人性被践踏、踩躏。【深化主题】)我不大懂这些事，可是由她们的说法，我猜到这不是好事。她们似乎什么都知道，也爱偷偷地谈论她们明知是不正当的事——这些事叫她们的脸红红的而显出得意。我更疑心妈妈了，是不是等我毕业好去做……这么一想，有时候我不敢回家，我怕见妈妈。妈妈有时候给我点心钱，我不肯花，饿着肚子去上体操，常常要晕过去。看着别人吃点心，多么香甜呢！可是我得省着钱，万一妈妈叫我去……我可以跑，假如我手中有钱。我最阔的时候，手中有一毛多钱！在这些时候，即使在白天，我也有时望一望天上，找我的月牙儿呢。我心中的苦处假若可以用个形状比喻起来，必是个月牙儿形的。它无依无靠的在灰蓝的天上挂着，光儿微弱，不大会儿便被黑暗包住。（"无依无靠"既指天上孤寂的月牙儿，也指此时的主人公。【一语双关】）

十一

叫我最难过的是我慢慢地学会了恨妈妈。可是每当我恨她的时候，我不知不觉地便想起她背着我上坟的光景。想到了这个，我不能恨她了。我又非恨她不可。我的心像——还是像那个月牙儿，只能亮那么一会儿，而黑暗是无限的。❶妈妈的屋里常有男人来了，她不再躲避着我。他们的眼像狗似的看着我，舌头吐着，垂着涎。❷我在他们的眼中是更解馋的，我看出来。在很短的期间，我忽然明白了许多的事。我知道我得保护自己，我觉出我身上好像有什么可贵的地方，我闻得出我已有一种什么味道，使我自己害羞，多感。我身上有了些力量，可以保护自己，也可以毁了自己。我有时很硬气，有时候很软。我不知怎样好。我愿爱妈妈，这时候我有好些必要问妈妈的事，需要妈妈的安慰；可是正在这个时候，我得躲着她，我得恨她；要不然我自己便不存在了。当我睡不着的时节，我很冷静地思索，妈妈是可原谅的。她得顾我们俩的嘴。可是这个又使我要拒绝再吃她给我的饭菜。我的心就这么忽冷忽热，像冬天的风，休息一会儿，刮得更要猛；我静候着我的怒气冲来，没法儿止住。（这段话是主人公情感的迸发，字里行间都流露出她的苦闷，同时唤起读者的怜悯之情。【感情抒发】）

十二

事情不容我想好方法就变得更坏了。妈妈问我，"怎样？"假若我真爱她呢，妈妈说，我应该帮助她。不然呢，她不能再管我了。这不像妈妈能说得出的话，但是她确是这么说了。她说得很清楚："我已经快老了，再过二年，想白叫人要也没人要了！"这是对的，妈妈近来擦许多的粉，脸上还露出褶子来。她要再走一步，去专伺候一个男人。她的精神来不及伺候许多男人了。为她自己想，这时候能有人要她——是个馒头铺掌柜的愿要她，她该马上就走。可是我已经是个大姑娘了，不像小时候那样容易跟在妈妈轿后走过去了。我得打主意安置自己。假若我愿意"帮助"妈妈呢，她可以不再走这一步，而由我代替她挣钱。代她挣钱，我真愿意；可是那个挣钱方法叫我哆嗦。我知道什么呢，叫我像个半老的妇人那样去挣钱？！妈妈的心是狠的，可是钱更狠。妈妈不逼着我走哪条路，她叫我自己挑选早帮助她，或是我们娘儿俩各走各的。妈妈的眼没有

泪，早就干了。我怎么办呢？❶

十三

我对校长说了。校长是个四十多岁的妇
人，胖胖的，不很精明，可是心热。我是
真没了主意，要不然我怎会开口述说妈妈
的……我并没和校长亲近过。当我对她说的
时候，每个字都像烧红了的煤球烫着我的喉，
我哑了，半天才能吐出一个字。❷校长愿意帮
助我。她不能给我钱，只能供给我两顿饭和
住处——就住在学校和个老女仆做伴儿。她
叫我帮助文书写写字，可是不必马上就这么
办，因为我的字还需要练习。两顿饭，一个
住处，解决了天大的问题。我可以不连累妈
妈了。妈妈这回连轿也没坐，只坐了辆洋车，
摸着黑走了。我的铺盖，她给了我。临走的
时候，妈妈挣扎着不哭，可是心底下的泪到
底翻上来了。她知道我不能再找她去，她的
亲女儿。我呢，我连哭都忘了怎么哭了，我
只咧着嘴抽达，泪蒙住了我的脸。我是她的
女儿、朋友、安慰。但是我帮助不了她，除
非我得做那种我决不肯做的事。在事后一想，
我们娘儿俩就像两个没人管的狗，为我们的
嘴，我们得受着一切的苦处，好像我们身上
没有别的，只有一张嘴。为这张嘴，我们得

❶ 面对两条摆在自
己面前的道路，无
论选择哪一条对她
来说都是痛苦的。
主人公发出了"我
怎么办呢？"这样
近乎绝望的呐喊。
【运用反问】

❷ 作者运用夸张
的手法写出了主人
公在讲述自己母亲
时的羞愧。说明
此时的她依然很纯
洁，很正直。【巧用
夸张】

把其余一切的东西都卖了。我不恨妈妈了，我明白了。不是妈妈的毛病，也不是不该长那张嘴，是粮食的毛病，凭什么没有我们的吃食呢？❶这个别离，把过去一切的苦楚都压过去了。那最明白我的眼泪怎么流的月牙这回没出来，这回只有黑暗，连点萤火的光也没有。妈妈就在暗中像个活鬼似的走了，连个影子也没有。即使她马上死了，恐怕也不会和爸埋在一处了，我连她将来的坟在哪里都不会知道。我只有这么个妈妈，朋友。我的世界里剩下我自己。

十四

妈妈永不能相见了，爱死在我心里，像被霜打了的春花。我用心地练字，为是能帮助校长抄抄写写些不要紧的东西。我必须有用，我是吃着别人的饭。（寄人篱下的主人公意识到自己必须有用才能不被人嫌弃，才能填饱自己的肚子，此时的她依然在挣扎、抗争。作者采用直接描写的方式，容易引起读者的共鸣。【直接描写】）我不像那些女同学，她们一天到晚注意别人，别人吃了什么，穿了什么，说了什么；我老注意我自己，我的影子是我的朋友。"我"老在我的心上，因为没人爱我。我爱我自己，可怜我自己，鼓励我自己，责备我自己；我知道我自己，仿佛我是另一个人似的。我身上有一点变化都使我害怕，使我欢喜，使我莫名其妙。我在我自己手中拿着，像捧着一朵娇嫩的花。我只能顾目前，没有将来，也不敢深想。嚼着人家的饭，我知道那是晌午或晚上了，要不然我简直想不起时间来；没有希望，就没有时间。我好像钉在个没有日月的地方。想起妈妈，我晓得我曾经活了十几年。对将来，我不像同学们那样盼望放假，过节，过年；假期，节，年，跟我有什么关系呢？可是我的身体是往大了长呢，我觉得出。觉出我又长大了一些，我更渺茫，我不放心我自己。

我越往大了长，我越觉得自己好看，这是一点安慰；美使我抬高了自己的身份。可是我根本没身份，安慰是先甜后苦的，苦到末了又使我自傲。穷，可是好看呢！这又使我怕：妈妈也是不难看的。

十五

我又老没看月牙了，不敢去看，虽然想看。(作者通过月牙儿这一形象巧妙过渡，从此作者开始叙述主人公由挣扎到最终被黑暗的社会吞噬的过程。【巧妙过渡】) 我已毕了业，还在学校里住着。晚上，学校里只有两个老仆人，一男一女。他们不知怎样对待我好，我既不是学生，也不是先生，又不是仆人，可有点像仆人。晚上，我一个人在院中走，常被月牙给赶进屋来，我没有胆子去看它。可是在屋里，我会想象它是什么样，特别是在有点小风的时候。微风仿佛会给那点微光吹到我的心上来，使我想起过去，更加重了眼前的悲哀。我的心就好像在月光下的蝙蝠，虽然是在光的下面，可是自己是黑的；黑的东西，即使会飞，也还是黑的，我没有希望。我可是不哭，我只常皱着眉。❷

十六

我有了点进款：给学生织些东西，她们给我点工钱。校长允许我这么办。可是进不了许多，因为她们也会织。不过她们自己急于要用，而赶不来，或是给家中人打双手套或袜子，才来照顾我。虽然是这样，我的心似乎活了一点，我甚至想到：假若妈妈不走那一步，我是可以养活她的。一数我那点钱，我就知道这是梦想，可是这么想使我舒服一点。❶ 我很想看看妈妈。假若她看见我，她必能跟我来，我们能有方法活着，我想枣可是不十分相信。我想妈妈，她常到我的梦中来。有一天，我跟着学生们去到城外旅行，回来的时候已经是下午四点多了。为是快点回来，我们抄了个小道。我看见了妈妈！在个小胡同里有一家卖馒头的，门口放着个元宝筐，筐上插着个顶大的白木头馒头。顺着墙坐着妈妈，身儿一仰一弯地拉风箱❷呢。从老远我就看见了那个大木馒头与妈妈，我认识她的后影。我要过去抱住她。可是我不敢，我怕学生们笑话我，她们不许我有这样的妈妈。越走越近了，我的头低下去，从泪中看了她一眼，她没看见我。我们一群人擦着她的身子走过去，她好像是什么也没看见，专心地拉她的风箱。走出老远，我回头看了看，她还在那儿拉呢。我看不清她的脸，只看到她的头发在额上披散着点。我记住这个小胡同的名儿。

十七

像有个小虫在心中咬我似的，我想去看妈妈，非看见她我心中不能安静。（作者将主人公此时想见母亲的心情描写成小虫的叮咬，十分贴切、恰当。【描写恰当】）正在这个时候，学校换了校长。胖校长告诉我得打主意，她在这儿一天便有我一天的饭食与住处，可是她不能保险新校长也这么办。我数了数我的钱，一共是两块七毛零几个铜子。这几个钱不会叫我在最近的几天中挨饿，可是我上哪儿呢？我不敢坐在那儿呆呆地发愁，我得想主意。找妈妈去是第一个念头。可是她能收留我吗？假若她不能收留我，而我找了她去，即使不能引起她与那个卖馒头的吵闹，她也必定很难过。我得为她想，她是我的妈妈，又不是我的妈妈，我们母女之间隔着一层用穷做成的障碍。想来想去，我不肯找她去了。我应当自己担着自己的苦处。可是怎么担着自己的苦处呢？我想不起。<u>我觉得世界很小，没有安置我与我的小铺盖卷的地方。我还不如一条狗，狗有个地方便可以躺下睡；街上不准我躺着。是的，我是人，人可以不如狗。</u>（作者借主人公之口强烈地抨击了当时的社会现状：人可以不如狗。深化了文章主题。【深化主题】）假若我扯着脸不走，焉知新校长不往外撵我呢？我不能等着人家往外推。这是个春天。<u>我只看见花儿开了，叶儿绿了，而觉不到一点暖气。红的花只是红的花，绿的叶只是绿的叶，我看见些不同的颜色，只是一点颜色；这些颜色没有任何意义，春在我的心中是个凉的死的东西。</u>❸ 我不肯哭，可是泪自己往下流。

名师导读

❶ 此时的主人公能够凭着自己的双手养活自己，虽然钱很少，但她的心里是舒服的。从侧面反映出她有一颗自立自强的心，她还未迷失自己。【侧面描写】

❷ 风箱：用来产生风力的设备，由一个木箱、一个推拉的木制把手和活动木箱构成。它主要用于鼓风，使炉火旺盛。

❸ 主人公无暇欣赏美丽的春光，她所在意的只有住所和粮食。本是豆蔻年华，却需整日忧心自己的生计。进一步揭露了当时社会的黑暗和不公。【揭示主旨】

十八

　　我出去找事了。不找妈妈，不依赖任何人，我要自己挣饭吃。走了整整两天，抱着希望出去，带着尘土与眼泪回来。没有事情给我做。我这才真明白了妈妈，真原谅了妈妈。妈妈还洗过臭袜子，我连这个都做不上。妈妈所走的路是唯一的。学校里教给我的本事与道德都是笑话，都是吃饱了没事时的玩艺。同学们不准我有那样的妈妈，她们笑话暗门子；是的，她们得这样看，她们有饭吃。我差不多要决定了：只要有人给我饭吃，什么我也肯干；妈妈是可佩服的。我才不去死，虽然想到过；不，我要活着。我年轻，我好看，我要活着。羞耻不是我造出来的。❶

十九

　　这么一想，我好像已经找到了事似的。我敢在院中走了，一个春天的月牙在天上挂着。我看出它的美来。天是暗蓝的，没有一点云。那个月牙清亮而温柔，把一些软光儿轻轻送到柳枝上。院中有点小风，带着南边的花香，把柳条的影子吹到墙角有光的地方来，又吹到无光的地方去；光不强，影儿不重，风微微地吹，都是温柔，什么都有点睡意，可又要轻软地活动着。月牙下边，柳梢上面，有一对星儿好像微笑的仙女的眼，逗着那歪歪的月牙和那轻摆的柳枝。墙那边有棵什么树，开满了白花，月的微光把这团雪照成一半儿白亮，一半儿略带点灰影，显出难以想到的纯净。这个月牙是希望的开始，我心里说。(作者花费大量的文字描写了"我"眼中的景色：月牙清亮，风很温柔，星儿像仙女的眼，这一切都是希望的开始。这一段环境描写渲染了一种宁静的氛围，没有挣扎，没有痛苦，也与"我"此时的

心情相照应。【环境描写】)

二十

我又找了胖校长去，她没在家。一个青年把我让进去。他很体面，也很和气。我平素很怕男人，但是这个青年不叫我怕他。他叫我说什么，我便不好意思不说；他那么一笑，我心里就软了。我把找校长的意思对他说了，他很热心，答应帮助我。当天晚上，他给我送了两块钱来，我不肯收，他说这是他婶母——胖校长——给我的。他并且说他的婶母已经给我找好了地方住，第二天就可以搬过去。我要怀疑，可是不敢。他的笑脸好像笑到我的心里去。我觉得我要疑心便对不起人，他是那么温和可爱。

二十一

他的笑唇在我的脸上，从他的头发上我看着那也在微笑的月牙。春风像醉了，吹破了春云，露出月牙与一两对儿春星。河岸上的柳枝轻摆，春蛙唱着恋歌，嫩蒲的香味散在春晚的暖气里。我听着水流，像给嫩蒲一些生力，我想象着蒲梗轻快地往高里长。小蒲公英在潮暖的地上生长。什么都在溶化着春的力量，然后

❶ 主人公在不断的挣扎中明白"羞耻不是我造出来的"。言外之意是这种羞耻是这个社会的产物。表达了作者对黑暗社会的抨击和批判。【含义深刻】

放出一些香味来。我忘了自己，我没了自己，像化在了那点春风与月的微光中。（这一段环境描写是对上文的衔接，使文章结构更完整，内容更充实。那个善良、单纯和美好的决定使她陷入了爱的迷梦，她和她的母亲一样了。【承接上文】）月儿忽然被云掩住，我想起来自己。我失去那个月牙儿，也失去了自己，我和妈妈一样了！

二十二

我后悔，我自慰，我要哭，我喜欢，我不知道怎样好。我要跑开，永不再见他；我又想他，我寂寞。两间小屋，只有我一个人，他每天晚上来。他永远俊美，老那么温和。他供给我吃喝，还给我做了

几件新衣。穿上新衣，我自己看出我的美。可是我也恨这些衣服，又舍不得脱去。我不敢思想，也懒得思想，我迷迷糊糊的，腮上老有那么两块红。我懒得打扮，又不能不打扮，太闲在了，总得找点事做。打扮的时候，我怜爱自己；打扮完了，我恨自己。我的泪很容易下来，可是我设法不哭，眼终日老那么湿润润的，可爱。我有时候疯了似的吻他，然后把他推开，甚至于破口骂他；他老笑。

二十三

我早知道，我没希望；一点云便能把月牙儿遮住，我的将来是黑暗。❶果然，没有多久，春便变成了夏，我的春梦做到了头儿。有一天，也就是刚晌午吧，来了一个少妇。她很美，可是美得不玲珑，像个瓷人儿似的。她进到屋中就哭了。不用问，我已明白了。看她那个样儿，她不想跟我吵闹，我更没预备着跟她冲突。她是个老实人。她哭，可是拉住我的手："他骗了咱们俩！"她说。我以为她也只是个"爱人"。不，她是他的妻。她不跟我闹，只口口声声地说："你放了他吧！"我不知怎么才好，我可怜这个少妇。我答应了她。她笑了。看她这个样儿，我以为她是缺个心眼，她似乎什么也不懂，只知道要她的丈夫。

名师导读

❶ 作者将月牙儿这一意象巧妙地与人物命运结合在一起。月牙儿被云遮住了，主人公再次陷入悲惨的命运中。【巧用意象】

二十四

我在街上走了半天。很容易答应那个少妇呀，可是我怎么办呢？他给我的那些东西，我不愿意要；既然要离开他，便一刀两断。可是，放下那点东西，我还有什么呢？我上哪儿呢？我怎么能当天就有饭吃呢？❶好吧，我得要那些东西，无法。我偷偷地搬了走。我不后悔，只觉得空虚，像一片云那样的无依无靠。❷搬到一间小屋里，我睡了一天。

二十五

我知道怎样俭省，自幼就晓得钱是好的。凑合着手里还有那点钱，我想马上去找个事。这样，我虽然不希望什么，或者也不会有危险了。事情可是并不因我长了一两岁而容易找到。我很坚决，这并无济于事，只觉得应当如此罢了。妇女挣钱怎这么不容易呢！妈妈是对的，妇人只有一条路走，就是妈妈所走的路。（作者借主人公之口再一次揭露当时的社会现状，妇女赚钱不容易，她们只有一条路可以走。批判了当时社会的黑暗。【揭露现实】）我不肯马上就往那么走，可是知道它在不很远的地方等着我呢。我越挣扎，心中越害怕。我的希望是初月的光，一会儿就要消失。一两个星期过去了，希望越来越小。最后，我去和一排年轻的姑娘们在小饭馆受选阅。很小的一个饭馆，很大的一个老板；我们这群都不难看，都是高小毕业的少女们，等皇赏似的，等着那个破塔似的老板挑选。他选了我。我不感谢他，可是当时确有点痛快。那群女孩子们似乎很羡慕我，有的竟自含着泪走去，有的骂声"妈的！"女人够多么不值钱呢！❸

二十六

我成了小饭馆的第二号女招待。摆菜、端菜、算账、报菜名，我都不在行。我有点害怕。可是"第一号"告诉我不用着急，她也都不会。她说，小顺管一切的事；我们当招待的只要给客人倒茶，递手巾把，和拿账条；别的不用管。奇怪！"第一号"的袖口卷起来很高，袖口的白里子上连一个污点也没有。腕上放着一块白丝手绢，绣着"妹妹我爱你"。她一天到晚往脸上拍粉，嘴唇抹得血瓢似的。给客人点烟的时候，她的膝往人家腿上倚；还给客人斟酒，有时候她自己也喝了一口。（饭馆里的女招待要将自己打扮得光鲜亮丽，要给客人点烟斟酒等，表明无论是什么职业，女性的地位永远都是那么低贱。作者以主人公的视角罗列女招待的工作日常，贴近生活，更能引起读者的共鸣。【列举事例】）对于客人，有的她伺候得非常的周到；有的她连理也不理，她会把眼皮一耷拉，假装没看见。她不招待的，我只好去。我怕男人。我那点经验叫我明白了些，什么爱不爱的，反正男人可怕。特别是在饭馆吃饭的男人们，他们假装义气，打架似的让座让账；他们拼命地猜拳，喝酒；他们野兽似的吞吃，他们不必要而故意的挑剔毛病，骂人。我低

❶ 作者运用一连串的反问句来表达主人公的无助，不依靠于男人，她就什么都没有，没有地方住，没有饭吃。【巧用反问】

❷ 把主人公比作一片无依无靠的云，形象地写出了她的孤寂、失落和无助。【比喻恰当】

❸ 饭馆女招待这样一份我们看来又苦又累的差事对于那个时代的妇女来说都是来之不易的，没有被选上的会含泪离去。可见当时社会的不公，令人愤然。【侧面衬托】

头递茶递手巾，我的脸发烧。客人们故意的和我说东说西，招我笑；我没心思说笑。晚上九点多钟完了事，我非常的疲乏了。到了我的小屋，连衣裳没脱，我一直地睡到天亮。醒来，我心中高兴了一些，我现在是自食其力，用我的劳力自己挣饭吃。我很早的就去上工。❶

二十七

"第一号"九点多才来，我已经去了两点多钟。她看不起我，可也并非完全恶意地教训我："不用那么早来，谁八点来吃饭？告诉你，丧气鬼，把脸别拉得那么长；你是女跑堂的，没让你在这儿送殡玩。低着头，没人多给酒钱；你干什么来了？不为挣子儿吗？你的领子太矮，咱这行全得弄高领子，绸子手绢，人家认这个！"❷我知道她是好意，我也知道设若我不肯笑，她也得吃亏，少分酒钱；小账是大家平分的。我也并非看不起她，从一方面看，我实在佩服她，她是为挣钱。妇女挣钱就得这么着，没第二条路。但是，我不肯学她。我仿佛看得很清楚：有朝一日，我得比她还开通，才能挣上饭吃。可是那得到了山穷水尽的时候；"万不得已"老在那儿等我们女人，我只能叫它多等几天。这叫我咬牙切齿，叫我心中冒火，可是妇女的命运不在自己手里。又干了三天，那个大掌柜的下了警告：再试我两天，我要是愿意往长了干呢，得照"第一号"那么办。"第一号"一半嘲弄，一半劝告的说："已经有人打听你，干吗藏着乖的卖傻的呢？咱们谁不知道谁是怎着？女招待嫁银行经理的，有的是；你当是咱们低贱呢？闯开脸儿干呀，咱们也他妈的坐几天汽车！"这个，逼上我的气来，我问她："你什么时候坐汽车？"她把红嘴唇撇得要掉下去："不用你耍嘴皮子，干什么说什么；天生下来的香屁股，还不会干这个呢！"我干不了，拿了一块另五分钱，我回了家。

二十八

最后的黑影又向我迈了一步。为躲它，就更走近了它。我不后悔丢了那个事，可我也真怕那个黑影。（"黑影"象征着主人公在无情的社会现实下走投无路的处境，她丢了饭馆女招待的工作，又没有饭吃了，所以说黑影又向她迈了一步。【巧用象征】）把自己卖给一个人，我会。自从那回事儿，我很明白了些男女之间的关系。女人把自己放松一些，男人闻着味儿就来了。他所要的是肉，他发散了兽力，你便暂时有吃有穿；然后他也许打你骂你，或者停止了你的供给。女人就这么卖了自己，有时候还很得意，我曾经觉到得意。在得意的时候说的净是一些天上的话；过了会儿，你觉得身上的疼痛与丧气。不过，卖给一个男人，还可以说些天上的话；卖给大家，连这些也没法说了，妈妈就没说过这样的话。怕的程度不同，我没法接受"第一号"的劝告；"一个"男人到底使我少怕一点。可是，我并不想卖我自己。我并不需要男人，我还不到二十岁。我当初以为跟男人在一块儿必定有趣，谁知道到了一块他就要求那个我所害怕的事。是的，那时候我像把自己交给了春风，任凭人家摆布；过后一想，他是利用我的无知，畅快他自己。他

❶ 作者直接描述了主人公自食其力的心情，虽然身体疲乏，但心里是高兴的。【直抒胸臆】

❷ 通过对"第一号"的语言描写直接表现当时的社会现状，无情的现实迫使人们堕落下去。【语言描写】

的甜言蜜语使我走入梦里；醒过来，不过是一个梦，一些空虚；我得到的是两顿饭，几件衣服。我不想再这样挣饭吃，饭是实在的，实在地去挣好了。可是，若真挣不上饭吃，女人得承认自己是女人，得卖肉！❶一个多月，我找不到事做。

二十九

我遇见几个同学，有的升入了中学，有的在家里做姑娘。我不愿理她们，可是一说起话儿来，我觉得我比她们精明。原先，在学校的时候，我比她们傻；现在，"她们"显着呆傻了。她们似乎还都做梦呢。她们都打扮得很好，像铺子里的货物。她们的眼溜着年轻的男人，心里好像作着爱情的诗。我笑她们。是的，我必定得原谅她们，她们有饭吃，吃饱了当然只好想爱情，男女彼此织成了网，互相捕捉；有钱的，网大一些，捉住几个，然后从容地选择一个。我没有钱，我连个结网的屋角都找不到。我得直接地捉人，或是被捉，我比她们明白一些，实际一些。

三十

有一天，我碰见那个小媳妇，像磁人似的那个。她拉住了我，倒好像我是她的亲人似的。她有点颠三倒四的样儿。"你是好人！你是好人！我后悔了，"她很诚恳地说，"我后悔了！我叫你放了他，哼，还不如在你手里呢！他又弄了别人，更好了，一去不回头了！"（从小媳妇的口中得知那个男人又去弄了别人，一去不回头了。女人只是他们的玩物，突出表现了他们的丑恶嘴脸。【语言描写】）由探问中，我知道她和他也是由恋爱而结的婚，她似乎还很爱他。他又跑了。我可怜这个小妇人，她也是还做着梦，还相信恋爱神圣。我问她现在的情形，她说她得找到他，她得从一而终。要是找不到他呢？我问。她咬上了嘴唇，她有公婆，娘家还有父母，她没有自由，她甚至于羡慕我，我没有人管着。还有人羡慕我，我真要笑了！我有自由，笑话！她有饭吃，我有自由；她没自由，我没饭吃，我俩都是女人。(小媳妇有饭吃没有自由，"我"有自由没有饭吃，看似不同，实则二人同病相怜。作者将两人放在一起比较，表明妇女都是可怜的，她们没有真正的自由。【巧做类比】)

三十一

自从遇上那个小瓷人，我不想把自己专卖给一个男人了，我决定玩玩了；换句话说，我要"浪漫"地挣饭吃了。我不再为谁负着什么道德责任，我饿。浪漫足以治饿，正如同吃饱了才浪漫，这是个圆圈，从哪儿走都可以。那些女同学与小瓷人都跟我差不多，她们比我多着一点梦想，我比她们更直爽，肚子饿是最大的真理。是的，我开始卖了。❷把我所有的一点东西都折卖了，做了一身新行头，我的确不难看。我上了市。

❶ 为了活着，她曾努力找事做，可最终残酷的现实使她彻底绝望了，最终，她还是走上了母亲的那条道路，令人惋惜。文章再次使读者感受到社会的黑暗。【深化主旨】

❷ 这样一个曾经纯洁善良、正直倔强的女性失去了自我，然而不幸的命运也使她对这个地狱般的世界有了清醒的认识，她彻底绝望了，走上了母亲曾经的道路。作者从主人公心理感受出发的这段叙述推动了故事情节的发展。【推动情节】

三十二

我想我要玩玩，浪漫。啊，我错了。我还是不大明白世故。男人并不像我想的那么容易勾引。我要勾引文明一些的人，要至多只赔上一两个吻。哈哈，人家不上那个当，人家要初次见面便得到便宜。还有呢，人家只请我看电影，或逛逛大街，吃杯冰激凌；我还是饿着肚子回家。所谓文明人，懂得问我在哪儿毕业，家里做什么事。那个态度使我看明白，他若是要你，你得给他相当的好处；你若是没有好处可贡献呢，人家只用一角钱的冰激凌换你一个吻。要卖，得痛痛快快地。❶我明白了这个。小瓷人们不明白这个。我和妈妈明白，我很想妈了。

三十三

据说有些女人是可以浪漫地挣饭吃，我缺乏资本；也就不必再这样想了。我有了买卖。可是我的房东不许我再住下去，他是讲体面的人。我连瞧他也没瞧，就搬了家，又搬回我妈妈和新爸爸曾经住过的那两间房。这里的人不讲体面，可也更真诚可爱。搬了家以后，我的买卖很不错。连文明人也来了。文明人知道了我是卖，他们是买，就肯来了；这样，他们不吃亏，也不丢身份，还替我作义务的宣传。初干的时候，我很害怕，因为我还不到二十岁。及至做过了几天，我也就不怕了。干过了几个月，我明白的事情更多了，差不多每一见面，我就能断定他是怎样的人。（在残酷的社会背景下，主人公已不再是那个天真、不谙世事的小女孩了。只有这样，她才能在这个黑暗的社会里活下去。【抨击现实】）有的很有钱，这样的人一开口总是问我的身价，表示他买得起我。他也很嫉妒，总想包了我；逛暗娼他也想独占，因为他有钱。对这样的人，我不大招待。他闹脾气，我不怕，我告诉他，我可以找上他的门去，报告给他的太太。在小学里念了几年书，到底是没白念，他唬不住我。"教育"是有用的，我相信了。有的人呢，来的时候，手里就攥着一块钱，唯恐上了当。对这种人，我跟他细讲条件，他就乖乖地回家去拿钱，很有意思。最可恨的是那些油子，不但不肯花钱，反倒要占点便宜走，什么半盒烟卷呀，什么一小瓶雪花膏呀，他们随手拿去。这种人还是得罪不得，他们在地面上很熟，得罪了他们，他们会叫巡警跟我捣乱。我不得罪他们，我喂着他们；乃至我认识了警官，才一个个地收拾他们。世界就是狼吞虎咽的世界，谁坏谁就占便宜。顶可怜的是那像学生样儿的，袋里装着一块钱，和几十铜子，叮当地直响，鼻子上出着汗。我可怜他们，可是也照常卖给他们。我有什么办法呢！还有老头子呢，都是些规矩人，或者家中已然儿孙成群。对他们，我不知道怎样好；但是我知道他们有钱，想在死前买些快乐，我只好供给他们所需要的。这些经验叫我认识了"钱"与"人"。钱比人更厉害一些，人若是兽，钱就是兽的胆子。❷

三十四

我发现了我身上有了病。这叫我非常的苦痛，我觉得已经不必活下去了。我休息了，我到街上去走；无目的，乱走。我想去看看妈，她必能给我一些安慰，我想象着自己已是快死的人了。我绕到那个小巷，希望见着妈妈；我想起她在门外拉风箱的样子。馒头铺已经关了门。打听，没人知道搬到哪里去。这使我更坚决了，我非找到妈妈不可。在街上丧胆游魂地走了几天，没有一点用。我疑心她是死了，或是和馒头铺的掌柜的搬到别处去，也许在千里以外。这么一想，我哭起来。我穿好了衣裳，擦上了脂粉，在床上躺着，等死。我相信我会不久就死去的。可是我没死。门外又敲门了，找我的。好吧，我伺候他，我把病尽力地传给他。<u>我不觉得这对不起人，这根本不是我的过错。</u>❶ 我又痛快了些，我吸烟，我喝酒，我好像已是三四十岁的人了。我的眼圈发青，手心发热，我不再管；有钱才能活着，先吃饱再说别的吧。我吃得并不错，谁肯吃坏的呢！我必须给自己一点好吃食，一些好衣裳，这样才稍微对得起自己一点。

三十五

一天早晨，大概有十点来钟吧，我正披着件长袍在屋中坐着，我听见院中有点脚步声。我十点来钟起来，有时候到十二点才想穿好衣裳，我近来非常的懒，能披着件衣服呆坐一两个钟头。我想不起什么，也不愿想什么，就那么独自呆坐。<u>那点脚步声，向我的门外来了，很轻很慢。不久，我看见一对眼睛，从门上那块小玻璃向里面看呢。看了一会儿，躲开了；我懒得动，还在那儿坐着。待了一会儿，那对眼睛又来了。</u>我再也坐不住，我轻轻地开了门。"妈！"❷

三十六

我们母女怎么进了屋，我说不上来。哭了多久，也不大记得。妈妈已老得不像样儿了。她的掌柜的回了老家，没告诉她，偷偷地走了，没给她留下一个钱。她把那点东西变卖了，辞退了房，搬到一个大杂院里去。她已找了我半个多月。最后，她想到上这儿来，并没希望找到我，只是碰碰看，可是竟自找到了我。她不敢认我了，要不是我叫她，她也许就又走了。哭完了，我发狂似的笑起来：她找到了女儿，女儿已是个暗娼！她养着我的时候，她得那样；现在轮到我养着她了，我得那样！女人的职业是世袭的，是专门的！（主人公意识到：自己的母亲做暗娼，自己也做暗娼，天底下的女人都是如此悲惨的命运。作者运用以小见大的手法将文章从母女二人的视角引向全社会的女性，突出中心，增加震撼力。【以小见大】）

三十七

我希望妈妈给我点安慰。我知道安慰不过是点空话，可是我还希望来自妈妈的口中。妈妈都往往会骗人，我们把妈妈的诓骗叫作安慰。我的妈妈连这个都忘了。她是饿怕了，

❶ 主人公意识到这不是她的错，而是这个黑暗的社会造成的。作者这样写直接抨击了社会的黑暗，深化了文章主题。【深化主题】

❷ 对若干年后母女二人重逢的场景描述，虽没有动人心弦的语言，文字也十分平淡，但一句"妈"却令人心中苦涩。【场景描写】

我不怪她。她开始检点我的东西，问我的进项与花费，似乎一点也不以这种生意为奇怪。我告诉她，我有了病，希望她劝我休息几天。没有；她只说出去给我买药。"我们老干这个吗？"我问她。她没言语。可是从另一方面看，她确是想保护我，心疼我。她给我做饭，问我身上怎样，还常常偷看我，像妈妈看睡着了的小孩那样。只是有一层她不肯说，就是叫我不用再干这行了。我心中很明白——虽然有一点不满意她——除了干这个，还想不到第二个事情做。我们母女得吃得穿——这个决定了一切。什么母女不母女，什么体面不体面，钱是无情的。❶

三十八

　　妈妈想照应我，可是她得听着看着人家蹂躏❷我。我想好好对待她，可是我觉得她有时候讨厌。她什么都要管管，特别是对于钱。她的眼已失去年轻时的光泽，不过看见了钱还能发点光。对于客人，她就自居为仆人，可是当客人给少了钱的时候，她张嘴就骂。这有时候使我很为难。不错，既干这个还不是为钱吗？可是干这个的也似乎不必骂人。我有时候也会慢待人，可是我有我的办法，使客人急不得恼不得。妈妈的方法太笨了，很容易得罪人。看在钱的面上，我们不应当得罪人。我的方法或者出于我还年轻，还幼稚；妈妈便不顾一切地单单站在钱上了，她应当如此，她比我大着好些岁。恐怕再过几年我也就这样了，人老心也跟着老，渐渐老得和钱一样的硬。是的，妈妈不客气。她有时候劈手就抢客人的皮夹，有时候留下人家的帽子或值钱一点的手套与手杖。我很怕闹出事来，可是妈妈说的好："能多弄一个是一个，咱们是拿十年当作一年活着的，等七老八十还有人要咱们吗？"有时候，客人喝醉了，她便把他架出去，找个僻静地方叫他坐下，连他的鞋都拿回来。说也奇怪，这种人倒没有来找账的，想是已人事不知，说不定也许病一大场。或者事过之后，想过滋味，也就不便再来闹了，我们不怕丢人，他们怕。

（作者列举事例来表现母亲极端的处事方式，"连他的鞋都拿回来"反映出在金钱面前，毫无人性可言。作者用事例来突出文章中心，更具体地表现主题。【列举事例】）

三十九

妈妈是说对了：我们是拿十年当一年活着。干了二三年，我觉出自己是变了。我的皮肤粗糙了，我的嘴唇老是焦的，我的眼睛里老灰渌渌的带着血丝。我起来的很晚，还觉得精神不够。❸ 我觉出这个来，客人们更不是瞎子，熟客渐渐少起来。对于生客，我更努力地伺候，可是也更厌恶他们，有时候我管不住自己的脾气。我暴躁，我胡说，我已经不是我自己了。我的嘴不由得老胡说，似乎是惯了。这样，那些文明人已不多照顾我，因为我丢了那点"小鸟依人"——他们唯一的诗句的身段与气味。我得和野鸡学了。我打扮得简直不像个人，这才招得动那不文明的人。我的嘴擦得像个红血瓢，我用力咬他们，他们觉得痛快。有时候我似乎已看见我

名师导读

❶ 在金钱面前，母女之情、工作体面与否都不重要了。【突出主旨】

❷ 蹂躏（róu lìn）：比喻用暴力欺压、侮辱、侵害、凌辱。

❸ 小说鲜有对主人公外貌的细节描写。这里作者对主人公的样子进行了细致描写，本该朝气蓬勃的年纪，她却皮肤粗糙，眼睛充满了血丝，没精神。这种黑暗的社会摧残着人们的身体和精神。【外貌描写】

的死，接进一块钱，我仿佛死了一点。钱是延长生命的，我的挣法适得其反。我看着自己死，等着自己死。这么一想，便把别的思想全止住了。不必想了，一天一天地活下去就是了，我的妈妈是我的影子，我至好不过将来变成她那样，卖了一辈子肉，剩下的只是一些白头发与抽皱的黑皮。这就是生命。❶

四十

我勉强地笑，勉强地疯狂，我的痛苦不是落几个泪所能减除的。我这样的生命是没什么可惜的，可是它到底是个生命，我不愿撒手。❷况且我所做的并不是我自己的过错。死假如可怕，那只因为活着是可爱的。我绝不是怕死的痛苦，我的痛苦久已胜过了死。我爱活着，而不应当这样活着。我想象着一种理想的生活，像做着梦似的；这个梦一会儿就过去了，实际的生活使我更觉得难过。这个世界不是个梦，是真的地狱。妈妈看出我的难过来，她劝我嫁人。嫁人，我有了饭吃，她可以弄一笔养老金。我是她的希望。我嫁谁呢？

四十一

因为接触的男子很多了，我根本已忘了什么是爱。我爱的是我自己，及至我已爱不了自己，我爱别人干什么呢？但是打算出嫁，我得假装说我爱，说我愿意跟他一辈子。我对好几个人都这样说了，还起了誓；没人接受。在钱的管领下，人都很精明。嫖不如偷，对，偷省钱。我要是不要钱，管保人人说爱我。

四十二

正在这个期间，巡警把我抓了去。我们城里的新官儿非常讲道德，要扫清了暗门子。正式的妓女倒还照旧做生意，因为她们纳捐；纳捐的便是名正言顺的，道德的。（纳捐的便是道德的，暗门子就要被清理，归根结底依然是社会的黑暗腐朽所致。作者运用反语，增强了小说的讽刺效果。【巧用反语】）抓了去，他们把我放在了感化院，有人教给我做工。洗、做、烹调、编织，我都会；要是这些本事能挣饭吃，我早就不干那个苦事了。我跟他们这样讲，他们不信，他们说我没出息，没道德。他们教给我工作，还告诉我必须爱我的工作。假如我爱工作，将来必定能自食其力，或是嫁个人。他们很乐观。我可没这个信心。他们最好的成绩，是已经有十几多个女的，经过他们感化而嫁了人。到这儿来领女人的，只须花两块钱的手续费和找一个妥实的铺保就够了。这是个便宜。从男人方面看；据我想，这是个笑话。我干脆就不受这个感化。当一个大官儿来检阅我们的时候，我唾了他一脸唾沫。他们还不肯放了我，我是带危险性的东西。可是他们也不肯再感化我。我换了地方，到了狱中。

名师导读

❶ 主人公理解的生命就是一天一天地活下去，"卖了一辈子肉，剩下的只是一些白头发与抽皱的黑皮"。作者采用暗示的手法表明黑暗的社会对人的剥削和压迫使人如同行尸走肉，只剩下一副空皮囊。【巧用暗示】

❷ "不愿撒手"表明主人公依然顽强地同命运做着斗争。眼泪已经不能减轻她的痛苦。小说为读者刻画了一个顽强、倔强的人物形象。【刻画人物】

四十三

狱里是个好地方，它使人坚信人类的没有起色；在我做梦的时候都见不到这样丑恶的玩艺。自从我一进来，我就不再想出去，在我的经验中，世界比这儿并强不了许多。（文章的结尾耐人寻味。正当她打算嫁人不再继续堕落时却被送到了监狱里。心灵经历了长期的摧残后，她深刻地认识到"狱里是个好地方，世界比这并强不了许多"，于是她甘愿在此了结一生，也就是在这种心境下她又看见了她的好朋友——月牙儿。【揭示主旨】）我不愿死，假若从这儿出去而能有个较好的地方；事实上既不这样，死在哪儿不一样呢。在这里，在这里，我又看见了我的好朋友，月牙儿！多久没见着它了！妈妈干什么呢？我想起来一切。

名师伴你读 | MING SHI BAN NI DU

阅读理解

小说以高悬于空中的月牙儿为主旋律，通过主人公对它的不同感受，谱写了一曲天上人间哀怨的悲歌。其情之感人，艺术技巧之精湛都令人叹为观止。月牙儿本是自然之物，然而在作家笔下它却成了主人公孤独寂寞时唯一而又不可缺少的伴侣，成了主人公向黑暗社会控诉的代言人。女主人公有文化，有个性，善良正直，聪敏倔强，不遗余力地追逐着缥缈的希望，她本该有着美好的一切，然而最终她还是被黑暗的社会吞噬了。作者通过叙述主人公悲惨的人生经历揭露当时社会的黑暗，引人深思。

好词好句

静寂　迷迷糊糊　颤动　别扭　郑重　无依无靠　躲避　渺茫
安置　清亮　疲乏　咬牙切齿　精明　颠三倒四　狼吞虎咽
捣乱　丧胆游魂　蹂躏　适得其反　名正言顺　自食其力

◆ 但是，那木匣是深深地埋在地里，我明知在城外哪个地方埋着它，可又像落在地上的一个雨点，似乎永难找到。

◆ 我的心就好像在月光下的蝙蝠，虽然是在光的下面，可是自己是黑的；黑的东西，即使会飞，也还是黑的，我没有希望。我可是不哭，我只常皱着眉。

◆ 我觉得世界很小，没有安置我与我的小铺盖卷的地方。我还不如一条狗，狗有个地方便可以躺下睡；街上不准我躺着。是的，我是人，人可以不如狗。

学习要点

1. 象征手法：用月牙儿象征女主人公那亮了那么一小会儿而后无限黑暗的生命，可悲可叹。

2. 情景相融：全文"我"与月牙儿形影相吊，构成了小说中的景与情，使作品具有诗一般的意境和低回婉转的抒情性。

大悲寺外

　　黄先生已死去二十多年了。（作者以开篇第一句"黄先生已死去二十多年了"将读者的视线直接引向这个悲剧人物。【奠定悲剧基调】）这些年中，只要我在北平，我总忘不了去祭他的墓。自然我不能永远在北平；别处的秋风使我倍加悲苦。祭黄先生的时节是重阳的前后，他是那时候死的。去祭他是我自己加在身上的责任；他是我最

钦佩敬爱的一位老师，虽然他待我与待别的同学没有什么分别；他爱我们全体的学生。可是，我年年愿看看他的矮墓，在一株红叶的枫树下，离大悲寺不远。

已经三年没去了，生命不由自主的东奔西走，三年中的北平只在我的梦中！

去年，也不记得为了什么事，我跑回去一次，只住了三天。虽然才过了中秋，可是我不能不上西山去；谁知道什么时候才再有机会回去呢。自然上西山是专为看黄先生的墓。为这件事，旁的事都可以搁在一边；说真的，谁在北平三天能不想办一万样事呢。❶

这种祭墓是极简单的：只是我自己到了那里而已，没有纸钱，也没有香与酒。黄先生不是个迷信的人，我也没见他饮过酒。

从城里到山上的途中，黄先生的一切显现在我的心上。在我有口气的时候，他是永生的。真的；停在我心中，他是在死里活着。每逢遇上个穿灰布大褂，胖胖的人，我总要细细看一眼。是的，胖胖的而穿灰布大衫，因黄先生而成了对我个人的一种什么象征。❷甚至于有的时候与同学们聚餐，"黄先生呢？"常在我的舌尖上；我总以为他是还活着。还不是这么说，我应当说：我总以为他不会死，不应该死，即使我知道他确是死了。

他为什么作学监呢？胖胖的，老穿着灰

名师 导 读

❶ 在东奔西走的人生旅途中，只要能在北平，"我"就要去大悲寺外枫树红叶下的矮墓，而且"为这件事，旁的事都可以搁在一边"。直接写出了"我"对黄先生的思念。【正面描写】

❷ 老舍笔下的黄先生"胖胖的而穿灰布大衫"，这成了他永恒的标记，更突出了其平凡的身份，只要遇上穿灰布大褂，胖胖的人，"我"总要细细看一眼。这句话从侧面反映作者对黄先生的思念。【侧面描写】

布大衫！他作什么不比当学监强呢？可是，他竟自作了我们的学监；似乎是天命，不作学监他怎能在四十多岁便死了呢！

胖胖的，脑后折着三道肉印；我常想，理发师一定要费不少的事，才能把那三道弯上的短发推净。脸像个大肉葫芦，就是我这样敬爱他，也就没法否认他的脸不是招笑的。❶可是，那双眼！上眼皮受着"胖"的影响，松松的下垂，把原是一对大眼睛变成了俩螳螂卵包似的，留个极小的缝儿射出无限度的黑亮。好像这两道黑光，假如你单单的看着它们，把"胖"的一切注脚全勾销了。那是一个胖人射给一个活动，灵敏，快乐的世界的两道神光。他看着你的时候，这一点点黑珠就像是钉在你的心灵上，而后把你像条上了钩的小白鱼，钓起在他自己发射出的慈祥宽厚光朗的空气中。（眼睛是心灵的窗户，写人物最重要的是"画眼睛，写声音"。作者以轻松幽默的笔触，详细描写了黄先生的眼睛，正如作者所言，那双眼里射出两道神光，神光所到之处，连空气都是慈祥、宽厚、光朗的。表现了黄先生是一个慈善的人。【描写细致】）然后他笑了，极天真的一笑，你落在他的怀中，失去了你自己。那件松松裹着胖黄先生的灰布大衫，在这时节，变成了一件仙衣。在你没看见这双眼之前，假如你看他从远处来了，他不过是团蠕蠕而动的灰色什么东西。

无论是哪个同学想出去玩玩，而造个不十二分有伤于诚实的谎，去到黄先生那里请假，黄先生先那么一笑，不等你说完你的谎——好像唯恐你自己说漏了似的——便极用心地用苏字给填好"准假证"。❷但是，你必须去请假。私自离校是绝对不行的。凡关乎人情的，以人情的办法办；凡关乎校规的，校规是校规；这个胖胖的学监！

他没有什么学问，虽然他每晚必和学生们一同在自修室读书；他读的都是大本的书，他的笔记本也是庞大的，大概他的胖手指是不肯甘心伤损小巧精致的书页。他读起书来，无论冬夏，头上永远冒着热汗，他绝不是聪明人。有时我偷眼看看他，他的眉，眼，嘴，好像都被书的神秘给迷住；看得出，他的牙是咬得很紧，因为他的腮上与太阳穴全微微的动弹，微微的，可是紧张。忽然，他那么天真的一笑，叹一口气，用块像小床单似的白手绢抹抹头上的汗。❸

先不用说别的，就是这人情的不苟且与傻用功已足使我敬爱他——多数的同学也因此爱他。稍有些心与脑的人，即使是个十五六岁的学生，象那时候的我与我的学友们，还能看不出：他的温和诚恳是出于天性的纯厚，而同时又能丝毫不苟的负责是足以表示他是温厚，不是懦弱？还觉不出他是"我们"中的一个，不是"先生"们中的一个；因为他那种努力读书，为读书而着急，而出汗，而叹气，还不是正和我们一样？

到了我们有了什么学生们的小困难——在我们看是大而不易解决的——黄先生是第一个来安慰我们，假如他不帮助我们；自然，他能帮忙的地方便在来安慰之前已经自动的做了。二十多年前的中学学监也不过是挣六十块钱，他每月是拿出三分之一来，预备着帮助同学，即使我们都没有经济上的困难，他这三分之一的薪水也不会剩下。假如我们生了病，黄先生不但是殷勤地看顾，而且必拿来些水果，点心，或是小说，几乎是偷偷的放在病学生的床上。（作者列举了黄先生每月拿三分之一的工资看望、安慰有困难或生病的同学的事例，语言通俗，但字里行间都流露着对黄先生的敬佩之情。【举例恰当】）

但是，这位困苦中的天使也是平安中的君王——他管束我们。宿舍不清洁，课后不去运动……都要挨他的雷，虽然他的雷是伴着以泪做的雨点。❶

世界上，不，就说一个学校吧，哪能都是明白人呢。❷我们的同学里很有些个厌恶黄先生的。这并不因为他的爱心不普遍，也不是被谁看出他是不真诚，而是伟大与藐小的相触，结果总是伟大的失败，好似不如此不足以成其伟大。这些同学们一样的受过他的好处，知道他的伟大，但是他们不能爱他。他们受了他十样的好处后而被他申斥了一阵，黄先生便变成顶可恶的。我一点也没有因此而轻视他们的意思，我不过是说世上确有许多这样的人。他们并不是不晓得好歹，而是他们的爱只限于爱自己；爱自己是溺爱，他们不肯受任何的责备。设若你救了他的命，而同时责劝了他几句，他从此便永远记着你的责备——为是恨你——而忘了救命的恩惠。黄先生的大错处是根本不应来做学监，不负责的学监是有的，可是黄先生与不负责永远不能联结在一处。不论他怎样真诚，怎样厚道，管束。

他初来到学校，差不多没有一个人不喜爱他，因为他与别位先生是那样的不同。别位先生们至多不过是比书本多着张嘴的，我们佩服他们和佩服书籍差不多。即使他们是活泼有趣的，在我们眼中也是另一种世界的活泼有趣，与我们并没有多么大的关系。黄先生是个"人"，他与别位先生几乎完全不相同。他与我们在一处吃，一处睡，一处读书。

半年之后，已经有些同学对他不满意了，其中有的，受了他的规诫，有的是出于立异——人家说好，自己就偏说坏，表示自己有头脑，别人是顺竿儿爬的笨货。（作者列举了对黄先生不满的两类人：受过他规诫的人和标新立异的人。作者在字里行间都表现出对这两类人的鄙视，作者对这些人有多鄙视就有多爱戴黄先生。这是一种侧面衬托的表达手法。【侧面描写】）

经过一次小风潮，爱他的与厌恶他的已各一半了。风潮的起始，与他完全无关。学生要在上课的时间开会了，他才出来劝止，而落了个无理的干涉。他是个天真的人——自信心居然使他要求投票表决，是否该在上课时间开会！幸而投与他意见相同的票的多着三张！风潮虽然不久便平静无事了，可是他的威信已减了一半。

因此，要顶他的人看出时机已到：再有一次风潮，他管保得滚。谋着以教师兼学监的人至少有三位。其中最活动的是我们的手工教师，一个用嘴与舌活着的人，除了也是胖子，他和黄先生是人中的南北极。（作者用"嘴和舌活着的人"来形容手工教师，表明他是一个巧舌如簧的人，突出表现了作者对手工教师的厌恶之情。【用词巧妙】）在教室上他曾说过，有人给他每月八百圆，就是提夜壶也是美差。有许多学生喜欢他，因为上他的课时就是睡觉也能得八十几分。他要是做学监，大家岂不是入了天国！每天晚上，自

名师导读

❶ 作者以"困苦中的天使""平安中的君王"来形容黄先生，高度凝练地传达出作者意味深长的温情。【巧妙用词】

❷ 这句话使小说情节急转直下，但不突兀。表现了作者高超的写作技巧，文字平实却透露着真情实感，易引起读者的共鸣，使读者易于接受。【情节转变】

从那次小风潮后，他的屋中有小的会议。不久，在这小会议中种的籽粒便开了花。校长处有人控告黄先生，黑板上常见"胖牛"，"老山药蛋"……同时，有的学生也向黄先生报告这些消息。忽然黄先生请了一天的假。可是那天晚上自修的时候，校长来了，对大家训话，说黄先生向他辞职，但是没有准他。末后，校长说，"有不喜欢这位好学监的，请退学；大家都不喜欢他呢，我与他一同辞职。"❶大家谁也没说什么。可是校长前脚出去，后脚一群同学便到手工教员室中去开紧急会议。

第三天上黄先生又照常办事了，脸上可是好像瘦减了一圈。在下午课后他召集全体学生训话，到会的也就是半数。他好像是要说许多许多的话似的，及至到了台上，他第一个微笑就没笑出来，愣了半天，他极低细的说了一句："咱们彼此原谅吧！"❷没说第二句。

暑假后，废除月考的运动一天扩大一天。在重阳前，炸弹爆发了。英文教员要考，学生们不考；教员下了班，后面追随着极不好听的话。及至事情闹到校长那里去，问题便由罢考改为撤换英文教员，因为校长无论如何也要维持月考的制度。虽然有几位主张连校长一齐推倒的，可是多数人愿意先由撤换教员做起。既不向校长作战，自然罢考须暂放在一边。这个时节，已经有人警告了黄先生："别往自己身上拢！"

可是谁叫黄先生是学监呢？他必得维持学校的秩序。况且，有人设法使风潮往他身上转来呢。

校长不答应撤换教员。有人传出来，在职教员会议时，黄先生主张严办学生，黄先生劝告教员合作以便抵抗学生，黄学监……

风潮又转了方向，黄学监，已经不是英文教员，是炮火的目标。

黄先生还终日与学生们来往，劝告，解说，笑与泪交替的揭露着天真与诚意。有什么用呢？

学生中不反对月考的不敢发言。依违两可的是与其说和平的话不如说激烈的，以便得同学的欢心与赞扬。这样，就是敬爱黄先生的连暗中警告他也不敢了：风潮像个魔咒捆住了全校。

我在街上遇见了他。

"黄先生，请你小心点。"我说。

"当然的。"他那么一笑。

"你知道风潮已转了方向？"

他点了点头，又那么一笑，"我是学监！"

"今天晚上大概又开全体大会，先生最好不用去。"

"可是，我是学监！"

"他们也许动武呢！"

"打'我'？"他的颜色变了。

我看得出，他没想到学生要打他；他的自信力太大。可是同时他并不是不怕危险。他是个"人"，不是铁石做的英雄——因此我爱他。

"为什么呢？"他好似是诘问着他自己的良心呢。

"有人在后面指挥。"

"呕！"可是他并没有明白我的意思，据我看；他紧跟着问："假如我去劝告他们，也打我？"

我的泪几乎落下来。他问得那么天真，几乎是儿气的；始终以为善意待人是不会错的。他想不到世界上会有手工教员那样的人。

"顶好是不到会场去，无论怎样！"

"可是，我是学监！我去劝告他们就是了；劝告是惹不出事来的。谢谢你！"

我愣在那儿了。眼看着一个人因责任而牺牲，可是一点也没觉到他是去牺牲——一听见"打"字便变了颜色，而仍然不退缩！ ❶我看得出，此刻他决不想辞职了，因为他不能在学校正极紊乱时候抽身一走。"我是学监！"我至今忘不了这一句话，和那四个字的声调。

果然晚间开了大会。我与四五个最敬爱黄先生的同学，故意坐在离讲台最近的地方，我们计议好：真要是打起来，我们可以设法保护他。

开会五分钟后，黄先生推门进来了。屋中连个大气也听不见了。主席正在报告由手工教员传来的消息——就是宣布学监的罪案——学监进来了！我知道我的呼吸是停止了一会儿。

黄先生的眼好似被灯光照得一时不能睁开了，他低着头，像盲人似的轻轻关好了门。他的眼睁开了，用那对慈善与宽厚做成的黑眼珠看着大众。他的面色是，也许因为灯光太强，有些灰白。他向讲台那边挪了两步，一脚登着台沿，微笑了一下。

"诸位同学，我是以一个朋友，不是学监的地位，来和大家说几句话！"

"假冒为善！"

"汉奸！"

后边有人喊。

黄先生的头低下去，他万也想不到被人这样骂他。他绝不是恨这样骂他的人，而是怀疑了自己，自己到底是不真诚，不然……

这一低头要了他的命。

他一进来的时候，大家居然能那样静寂，我心里说，到底大家还是敬畏他；他没危险了。这一低头，完了，大家以为他是被骂对了，羞愧了。

"打他！"这是一个与手工教员最亲近的学友喊的，我记得。跟着，"打！""打！"后面的全立起来。我们四五个人彼此按了按膝，"不要动"的暗号；我们一动，可就全乱了。我喊了一句。

"出去！"故意的喊得很难听，其实是个善意的暗示。他要是出去——他离门只有两三步远——管保没有事了，因为我们四五个人至少可以把后面的人堵住一会儿。可是黄先生没动！好像蓄足了力量，他猛然抬起头来。他的眼神极可怕了。可是不到半分钟，他又低下头去，似乎用极大的忏悔，矫正他的要发脾气。他是个"人"，可是要拿人力把自己提到超人的地步。我明白他那心中的变动：冷不防地被人骂了，自己怀疑自己是否正道；他的心告诉他——无愧；在这个时节，后面喊"打！"：他怒了；不应发怒，他们是些青年的学生——又低下头去。❷

随着说第二次低头，"打！"成了一片暴雨。

假如他真怒起来，谁也不敢先下手；可

❶ 在作者的笔下，黄先生并不是一个天不怕地不怕的英雄人物，而是一个一听见"打"字便害怕得变了脸色的普通人。正因为如此，他的决不退缩才更显出其对学生和学校的深厚感情，也更加让人敬佩。【人物形象丰满】

❷ 这段文字，将黄先生的心理变化过程完整、细腻地剖析了一遍，既解释说明了上文黄先生的动作和表情，又进一步向读者展现了一颗真诚、单纯的赤诚之心。【心理描写】

是他又低下头去——就是这么着，也还只听见喊打，而并没有人向前。这倒不是大家不勇敢，实在是因为多数——大多数——人心中有一句："凭什么打这个老实人呢？"自然，主席的报告是足以使些人相信的，可是究竟大家不能忘了黄先生以前的一切；况且还有些人知道报告是由一派人造出来的。

我又喊了声，"出去！"我知道"滚"是更合适的，在这种场面上，但怎忍得出口呢！

黄先生还是没动。他的头又抬起来：脸上有点笑意，眼中微湿，就像个忠厚的小儿看着一个老虎，又爱又有点怕忧。（作者将此时的黄先生比作一个看着老虎的忠厚小儿，形象具体，表达出作者对黄先生的心疼。【巧用修辞】）

忽然由窗外飞进一块砖，带着碎玻璃碴儿，像颗横飞的彗星，打在他的太阳穴上。登时见了血。他一手扶住了讲桌。后面的人全往外跑。我们几个搀住了他。

"不要紧，不要紧。"他还勉强地笑着，血已几乎盖满他的脸。

找校长，不在；找校医，不在；找教务长，不在；（作者运用排比句式暗示黄先生的结局，增强了文章的气势。【巧用句式】）我们决定送他到医院去。

"到我屋里去！"他的嘴已经似乎不得力了。

我们都是没经验的，听他说到屋中去，我们就搀扶着他走。到了屋中，他摆了两摆，似乎要到洗脸盆处去，可是一头倒在床上；血还一劲的流。

老校役张福进来看了一眼，跟我们说，"扶起先生来，我接校医去。"

校医来了，给他洗干净，绑好了布，叫他上医院。他喝了口白兰地，心中似乎有了点力量，闭着眼叹了口气。校医说，他如不上医

院，便有极大的危险。他笑了。低声地说："死，死在这里；我是学监！我怎能走呢——校长们都没在这里！"❶

老张福自荐伴着"先生"过夜。我们虽然极愿守着他，可是我们知道门外有许多人用轻鄙的眼神看着我们；少年是最怕被人说"苟事"的——同情与见义勇为往往被人解释作"苟事"，或是"狗事"；有许多青年的血是能极热，同时又极冷的。❷我们只好离开他。连这样，当我们出来的时候还听见了："美呀！黄牛的干儿子！"

第二天早晨，老张福告诉我们，"先生"已经说胡话了。

校长来了，不管黄先生依不依，决定把他送到医院去。

可是这时候，他清醒过来。我们都在门外听着呢。那位手工教员也在那里，看着学监室的白牌子微笑，可是对我们皱着眉，好像他是最关心黄先生的苦痛的。（手工教员想替代黄先生的学监位置，他是最不关心黄先生苦痛的，作者在这里运用反语，表达了强烈的讽刺。【巧用反语】）我们听见了黄先生说：

"好吧，上医院；可是，容我见学生一面。"

"在哪儿？"校长问。

名师导读

❶ 在黄先生的全部生活信条中，"我是学监"是第一条，对他来说也是最神圣的，突出了黄先生认真负责的态度。【语言描写】

❷ 作者用一句简洁的话概括了学生们的共同特质，这是勾勒"庸众"的神笔。极热的血代表着他们不问缘由对黄先生的控诉、朝黄先生扔石头等极端事件，极冷的血暗示着他们人性的冷漠、无情。【巧用暗示】

"礼堂；只说两句话。不然，我不走！"

钟响了。几乎全体学生都到了。

老张福与校长搀着黄先生。血已透过绷布，像一条毒花蛇在头上盘着。（作者将缠在黄先生头上的绷带比作毒花蛇，形象具体地表现了黄先生病情的严重性，也预示着黄先生的生命即将被"这条毒花蛇"夺走。【运用比喻】）他的脸完全不像他的了。刚一进礼堂门，他便不走了，从绷布下设法睁开他的眼，好像是寻找自己的儿女，把我们全看到了。❶他低下头去，似乎已支持不住，就是那么低着头，他低声——可是很清楚的——说："无论是谁打我来着，我决不，决不计较！"

他出去了，学生没有一个动弹的。大概有两分钟吧。忽然大家全往外跑，追上他，看他上了车。（黄先生的讲话震撼到了每一个学生，因为"绝不计较"是他发自内心的感慨。作者抓住黄先生讲完后学生们的表现这一场景进行描写，能让读者更全面地体会这种震撼，体会黄先生的人格魅力。【场景描写】）

过了三天，他死在医院。

谁打死他的呢？❷

丁庚。

可是在那时节，谁也不知道丁庚扔砖头来着。在平日他是"小姐"，没人想到"小姐"敢飞砖头。

那时的丁庚，也不过是十七岁。老穿着小蓝布衫，脸上长着小红疙瘩，眼睛永远有点水锈，象敷着些眼药。老实，不好说话，有时候跟他好，有时候又跟你好，有时候自动地收拾宿室，有时候一天不洗脸。所以是小姐——有点忽东忽西的小性。

风潮过去了，手工教员兼任了学监。校长因为黄先生已死，也就没深究谁扔的那块砖。说真的，确是没人知道。

可是，不到半年的工夫，大家猜出谁了——丁庚变成另一个人，完全不是"小姐"了。他也爱说话了，而且永远是不好听的话。他永远与那些不用功的同学在一起了，吸上了香烟——自然也因为学监不干涉——每晚上必出去，有时候嘴里喷着酒味。他还做了学生会的主席。(作者用事例向我们说明了丁庚的变化，这样写使文章更具体，有利于人物的刻画。【举例恰当】)

由"那"一晚上，黄先生死去，丁庚变了样。没人能想到"小姐"会打人。可是现在他已不是"小姐"了，自然大家能想到他是会打人的。变动的快出乎意料，那么，什么事都是可能的了；所以是"他"！

过了半年，他自己承认了——多半是出于自夸，因为他已经变成个"刺儿头"。最怕这位"刺儿头"的是手工兼学监那位先生。学监既变成他的部下，他承认了什么也当然是没危险的。自从黄先生离开了学监室，我们的学校已经不是学校。(认真负责的黄老师离开了，此时的学校坏学生当道，早已没有了学校该有的氛围，物是人非。因此作者发出了"我们的学校已经不是学校"的感慨。【含义深刻】)

为什么扔那块砖？据丁庚自己说，差不多有五六十个理由，他自己也不知道哪一个

名师导读

❶ "设法睁开""寻找""全"等字眼表现了黄先生对学生的不舍。"就像寻找自己的儿女，把我们全看到了。"细致地写出了黄先生对待学生的深厚感情。【描写细致】

❷ 作者用一个疑问句引出小说的另一个主要人物——丁庚，推动了小说情节的发展。【推动情节】

最好，自然也没人能断定哪个最可靠。

　　据我看，真正的原因是"小姐"忽然犯了"小姐性"。他最初是在大家开会的时候，连进去也不敢，而在外面看风势。忽然他的那个劲儿来了，也许是黄先生责备过他，也许是他看黄先生的胖脸好玩而试试打得破与否，也许……不论怎么着吧，一个十七岁的孩子，天性本来是变鬼变神的，加以脸上正发红泡儿的那股忽人忽兽的郁闷，他满可以做出些无意做而做了的事。从多方面看，他确是那样的人。在黄先生活着的时候，他便是千变万化的，有时候很喜欢人叫他"黛玉"。❶ 黄先生死后，他便不知道他是怎回事了。有时候，他听了几句好话，能老实一天，趴在桌上写小楷，写得非常秀润。第二天，一天不上课！

　　这种观察还不只限于学生时代，我与他毕业后恰巧在一块做了半年的事，拿这半年中的情形看，他确是我刚说过的那样的人。❷ 拿一件事说吧。我与他全做了小学教师，在一个学校里，我教初四❸。已教过两个月，他忽然想换班，唯一的原因是我比他少着三个学生。可是他和校长并没这样说——为少看三本卷子似乎不大好出口。他说，四年级级任比三年级的地位高，他不甘居人下。这虽然不很像一句话，可究竟是更精神一些的争执。他也告诉校长：他在读书时是做学生会主席的，主席当然是大众的领袖，所以他教书时也得教第一班。校长与我谈论这件事，我是无可无不可，全凭校长调动。校长反倒以为已经教了快半个学期，不便于变动。这件事便这么过去了。到了快放年假的时候，校长有要事须请两个礼拜的假，他打算求我代理几天。丁庚又不答应了。可是这次他直接向我发作了，因为他亲自请求校长叫他代理是不好意思的。我不记得我的话了，可是大意是我应着去代他向校长说说：我根本不愿意代理。

　　及至我已经和校长说了，他又不愿意，而且忽然的辞职，连维持到年假都不干。校长还没走，他卷铺盖走了。谁劝也无用，非走不可。

从此我们俩没再会过面。

看见了黄先生的坟，也想起自己在过去二十年中的苦痛。坟头更矮了些，那么些土上还长着点野花，"美"使悲酸的味儿更强烈了些。太阳已斜挂在大悲寺的竹林上，我只想不起动身。深愿黄先生，胖胖的，穿着灰布大衫，来与我谈一谈。（作者通过对黄先生的坟周围环境的描写，那坟上的野花，远处的竹林，来表达对先生强烈的思念之情。【烘托情感】）

远处来了个人。没戴着帽，头发很长，穿着青短衣，还看不出他的模样来，过路的，我想；也没大注意。可是他没顺着小路走去，而是舍了小道朝我来了。又一个上坟的？

他好像走到坟前才看见我，猛然的站住了。或者从远处是不容易看见我的，我是倚着那株枫树坐着呢。"你，"他叫着我的名字。

我愣住了，想不起他是谁。

"不记得我了？丁——"

没等他说完我想起来了，丁庚。除了他还保存着点"小姐"气——说不清是在他身上哪处——他绝对不是二十年前的丁庚了。头发很长，而且很乱。脸上乌黑，眼睛上的水锈很厚，眼窝深陷进去，眼珠上许多血丝。

名师导读

❶ 黛玉：即林黛玉，中国古典名著《红楼梦》的女主角，是柔弱、病态的形象代表。

❷ 这是一个过渡句，作者由学生时代的叙述转向毕业后。【承上启下】

❸ 民国时期升学要经过三个阶段：初等小学4年、高等小学3年、中学4年，因此有初四。

牙已半黑，我不由得看了看他的手，左右手的食指与中指全黄了一半。❶ 他一边看着我，一边从袋里摸出一盒"大长城"来。

不知道为什么我觉得一阵悲惨。我与他是没有什么感情的，可是幼时的同学……我过去握住他的手；他的手颤得很厉害。我们彼此看了一眼，眼中全湿了；然后不约而同地看着那个矮矮的墓。

"你也来上坟？"这话已到我的唇边，被我压回去了。他点一支烟，向蓝天吹了一口，看看我，看看坟，笑了。❷

"我也来看他，可笑，是不是？"他随说随坐在地上。我不晓得说什么好，只好顺口搭音地笑了声，也坐下了。他半天没言语，低着头吸他的烟，似乎是思想什么呢。烟已烧去半截，他抬起头来，极有姿势地弹着烟灰。先笑了笑，然后说：

"二十多年了！他还没饶了我呢！"

"谁？"

他用烟卷指了指坟头："他！"

"怎么？"我觉得不大得劲，生怕他是有点疯魔。

"你记得他最后的那句？决——不——计——较，是不是？"

我点点头。

"你也记得咱们在小学教书的时候，我忽然不干了？我找你去叫你不要代理校长？好，记得你说的是什么？"

"我不记得。"

"决不计较！你说的。那回我要和你换班次，你也是给了我这么一句。你或者出于无意，可是对于我，这句话是种报复、惩罚。它的颜色是红的一条布，像条毒蛇；它确是有颜色的。它使我把生命变成一阵颤抖；志愿，事业，全随颤抖化为——秋风中的落叶。❸像这棵枫树的叶子。你大概也知道，我那次要代理校长的原因？我已运动好久，叫他不能回

名师导读

❶ 作者对二十年后的丁庚进行了细致的外貌描写，与二十年前的那个胆小、羞怯的"小姐"形成鲜明对比。脸上乌黑，眼窝深陷且布满血丝，憔悴的面容，想必在这二十年里他已受尽了折磨。【外貌描写】

❷ "点烟、吹了一口气、看看我、看看坟、笑"这一系列动作的描写都展现了他惆怅、无奈的内心活动。【动作描写】

❸ 丁庚觉得"决不计较"这四个字是黄先生对他的报复和惩罚，像毒蛇一样啃噬他的内心，使他的人生道路布满荆棘。这段话很好地揭示了他内心的想法，益于读者理解。【揭示人物内心】

任。可是你说了那么一句——"

"无心中说的。"我表示歉意。

"我知道。离开小学，我在河务局谋了个差事。很清闲，钱也不少。半年之后，出了个较好的缺。我和一个姓李的争这个地位。我运动，他也运动，力量差不多是相等，所以命令多日没能下来。在这个期间，我们俩有一次在局长家里遇上了，一块打了几圈牌。局长在打牌的时候，露出点我们俩竞争很使他为难的口话。我没说什么，可是姓李的一边打出一个红中，一边说：'红的！我让了，决不计较！'红的！不计较！黄学监又立在我眼前，头上围着那条用血浸透的红布！我用尽力量打完了那圈牌，我的汗湿透了全身。我不能再见那个姓李的，他是黄学监第二，他用杀人不见血的诅咒在我魂灵上作祟：假如世上真有妖术邪法，这个便是其中的一种。我不干了。不干了！"他的头上出了汗。（多年之后，当丁庚再提往事时，依然头冒虚汗，每当听到"决不计较"他都如闻炸雷，悚然而退，从侧面衬托出丁庚沉重的心理负担。【侧面衬托】）

"或者是你身体不大好，精神有点过敏。"我的话一半是为安慰他，一半是不信这种见神见鬼的故事。

"我起誓，我一点病没有。黄学监确是跟着我呢。他是假冒为善的人，所以他会说假冒为善的恶咒。还是用事实说明吧。我从河务局出来不久便成婚，"这一句还没说全，他的眼神变得像失了雏儿的恶鹰似的，瞪着地上一颗半黄的鸡爪草，半天，他好像神不附体了。❶我轻咳了声，他一哆嗦，抹了抹头上的汗，说："很美，她很美。可是——不贞。在第一夜，洞房便变成地狱，可是没有血，你明白我的意思？没有血的洞房是地狱，自然这是老思想，可是我的婚事老式的，当然感情也是老式的。她都说了，只求我，央告我，叫我饶恕她。按说，美是可以博得一切赦免的。可是我那时铁了心；我下了不戴绿帽的决心。她越哭，我越狠，说真的，折磨她给我一些愉快。末后，她的泪已干，她的话已尽，她说出最后的一句：'请用我心中的血代替吧，'她打开了胸，'给这儿一刀吧；你有一切的理由，我死，决不计较你！'我完了，黄学监在洞房门口笑我呢。我连动一动也不能了。第二天，我离开了家，变成一个有家室的漂流者，家中放着一个没有血的女人，和一个带着血的鬼！但是我不能自杀，我跟他干到底，他劫去我一切的快乐，不能再叫他夺去这条命！"

"丁，我还以为你是不健康。你看，当年你打死他，实在不是有意的。况且黄先生的死也一半是因为耽误了，假如他登时上医院去，一定不会有性命的危险。"我这样劝解；我准知道，设若我说黄先生是好人，决不能死后作祟，丁庚一定更要发怒的。

"不错。我是出于无心，可是他是故意对我发出假慈悲的原谅，而其实是种恶毒的诅咒。不然，一个人死在眼前，为什么还到礼堂上去说那个呢？❷好吧，我还是说事实吧。我既是个没家的人，自然可以随意地去玩了。我大概走了至少也有十二三省。最后，我在广东加入了革命军。打到南京，我已是团长。设若我继续工作，现在来至少也做了军长。可是，在清党的时节，我又不干了。

是这么回事，一个好朋友姓王，他是左倾的。(左倾：指政治上追求
进步、同情劳动人民的倾向。)他比我职分高。设若我能推倒他，我
登时便能取得他的地位。陷害他，是极容易的事，我有许多对他不利
的证据，但是我不忍下手。我们俩出死入生的在一处已一年多，一同
入医院就有两次。可是我又不能抛弃这个机会；志愿使英雄无论如何
也得辣些。我不是个十足的英雄，所以我想个不太激进的办法来。我
托了一个人向他去说，他的危险怎样的大，不如及早逃走，把一切事
务交给我，我自会代他筹划将来的安全。他不听。我火了。不能不下
毒手。我正在想主意，这个不知死的鬼找我来了，没带着一个人。有
些人是这样：至死总假装宽厚大方，一点不为自己的命想一想，好像
死是最便宜的事，可笑。这个人也是这样，还在和我嘻嘻哈哈。我不
等想好主意了，反正他的命是在我手心里，我对他直接说了——我的
手摸着手枪。他，他听完了，向我笑了笑。'要是你愿杀我，'他说，
还是笑着，'请，我决不计较。'这能是他说的吗？怎能那么巧呢？
我知道，我早就知道了，凡是我要成功的时候，'他'老借着个笑脸
来报仇，假冒为善的鬼会拿柔软的方法来毁人。(小说以"我决不计
较"为枢机，展开灵魂的搏斗，宽恕者坦然地辞世，而被宽恕者却背
着"诅咒"活着。逝者的大慈化为生者的大悲，这便是文章的主旨。
【揭示主旨】)我的手连抬也抬不起来了，不要说还要拿枪打人。姓王
的笑着，笑着，走了。他走了，能有我的好处吗？他的地位比我高。
拿证据去告发他恐怕已来不及了，他能不马上想对待我的法子吗？
结果，我得跑！到现在，我手下的小卒都有做团长的了，我呢？我
只是个有妻室而没家，不当和尚而住在庙里的——我也说不清我是什
么！"趁他喘气，我问了一句："哪个庙事？"

"眼前的大悲寺！为是离着他近，"他指着坟头。看我没往下问，
他自动地说明："离他近，我好天天来诅咒他！"

不记得我又和他说了什么，还是什么也没说，无论怎样吧！我是踏着金黄的秋色下了山，斜阳在我的背后。我没敢回头，我怕那株枫树，叶子不知怎么红得似血！

名师伴你读 MING SHI BAN NI DU

阅读理解

小说将20余年的前尘后事绾系在少年的一桩无心之过上，将死魂的宽恕之语化为生人挣扎不开的心灵死结，让暌隔于阴阳两界的两个灵魂无休止地纠葛着、矛盾着、斗争着，以揭示社会生活中人与人的关系。

好词好句

悲苦　钦佩　东奔西走　勾销　苟且　殷勤　恩惠　搀扶　郁闷
秀润　作祟　神不附体　赦免

◆ 可是，那双眼！上眼皮受着"胖"的影响，松松的下垂，把原是一对大眼睛变成了俩螳螂卵包似的，留个极小的缝儿射出无限度的黑亮。好像这两道黑光，假如你单单的看着它们，把"胖"的一切注脚全勾销了。那是一个胖人射给一个活动，灵敏，快乐的世界的两道神光。他看着你的时候，这一点点黑珠就像是钉在你的心灵上，而后把你像条上了钩的小白鱼，钓起在他自己发射出的慈祥宽厚光朗的空气中。然后他笑了，极天真的一笑，你落在他的

109

怀中，失去了你自己。

◆ 他点一支烟，向蓝天吹了一口，看看我，看看坟，笑了。

学习要点

1. 举例生动：作者在刻画人物形象时善于列举事例，这样使描写更具体。

2. 善用比喻：小说多处运用比喻的修辞，使刻画更生动形象。

3. 主题独特：作者选用死者的大慈化为生者的大悲这一独特的视角来展现社会现实，新颖而独特。

我这一辈子

一

我幼年读过书，虽然不多，可是足够读《七侠五义》与《三国志演义》什么的。我记得好几段《聊斋》，到如今还能说得很齐全动听，不但听的人都夸奖我的记性好，连我自己也觉得应该高兴。可是，我并念不懂《聊斋》的原文，那太深了；我所记得的几段，都是由小报上的"评讲聊斋"念来的——把原文变成白话，又添上些逗哏❶打趣，实在有个意思！

我的字写得也不坏。拿我的字和老年间衙门里的公文比一比，论个儿的匀适，墨色的光润，与行列的齐整，我实在相信我可以做个很好的"笔帖式"❷。自然我不敢高攀，说我有写奏折的本领，可是眼前的通常公文是准保能写到好处的。

凭我认字与写的本事，我本该去当差❸。当差虽不见得一定能增光耀祖，但是至少也

名师导读

❶ 逗哏（gén）：用滑稽有趣的话引人发笑。

❷ 笔帖式：清代官府中低级文书官员、执掌部院衙门的文书档案的官员，主要职责是抄写、翻译满文。

❸ 当差（chāi）：旧指做受人差遣的小官或当仆人。

比做别的事更体面些。况且呢，差事不管大小，多少总有个升腾（升官；发迹）。我看见不止一位了，官职很大，可是那笔字还不如我的好呢，连句整话都说不出来。这样的人既能做高官，我怎么不能呢？（连字不如"我"好，连整句话都说不出来的人都可以做高官，"我为什么不能呢？"作者借用主人公的反问表明在当时的社会背景下，社会中的小人物怀才不遇的境地，表达了作者对他们的同情。【巧用句式】）

可是，当我十五岁的时候，家里教我去学徒。五行八作，行行出状元，学手艺原不是什么低搭的事；不过比较当差稍差点劲儿罢了。学手艺，一辈子逃不出手艺人去，即使能大发财源，也高不过大官儿不是？可是我并没和家里闹别扭，就去学徒了；十五岁的人，自然没有多少主意。❶况且家里老人还说，学满了艺，能挣上钱，就给我说亲事。在当时，我想象着结婚必是件有趣的事。那么，吃上二三年的苦，而后大人似的去耍手艺挣钱，家里再有个小媳妇，大概也很下得去了。（主人公想象自己以后生活的样子：可以耍手艺挣钱，再有个小媳妇，这样的生活对他来说就很满足了。想象手法的运用增加了小说的生动性。【运用想象】）

我学的是裱糊匠❷。在那太平年月，裱匠是不愁没饭吃的。那时候，死一个人不像现在这么省事。这可并不是说，老年间的人要翻来覆去的死好几回，不干脆的一下子断了气。我是说，那时候死人，丧家要拼命地花钱，一点不惜力气与金钱地讲排场。就拿与冥衣铺有关系的事来说吧，就得花上老些个钱。人一断气，马上就得去糊"倒头车"❸——现在，连这个名词儿也许有好多人不晓得了。紧跟着便是"接三"，必定有些烧活：车轿骡马，墩箱灵人，引魂幡，灵花等等。要是害月子病死的，还必须另糊一头牛，和一个鸡罩。赶到"一七"念经，又得糊楼库，金山银山，尺头元宝，四季衣服，四季花草，古玩陈设，各样木器。及至出殡，纸亭纸架之外，还有许多烧活，至不济也得弄一对"童儿"举着。"五七"烧伞，六十天糊船桥。一个死人到六十天后才和我们裱糊匠脱离关系，一年之中，死那么十来个有钱的人，我们便有了吃喝。

裱糊匠并不专伺候死人，我们也伺候神仙。早年间的神仙不像如今晚儿的这样寒碜，就拿关老爷说吧，早年间每到六月二十四，人们必给他糊黄幡宝盖，马童马匹，和七星大旗什么的。现在，几乎没有人再惦记着关公了！遇上闹"天花"，我们又得为娘娘们忙一阵。九位娘娘得糊九顶轿子，红马黄马各一匹，九份凤冠霞帔，还得预备痘哥哥痘姐姐们的袍带靴帽，和各样执事。如今，医院都施种牛痘，娘娘们无事可做，裱糊匠也就陪着她们闲起来了。此外还有许许多多的"还愿"的事，都要糊点什么东西，可是也都随着破除迷信没人再提了。年头真是变了啊！（主人公以为可以安身立命、养家糊口了，但事与愿违，社会发展使裱糊匠没了用武之地，表明社会的变革给这些小人物带来的困扰，突出表现了他们生活的艰辛。【突出主题】）

除了伺候神与鬼外，我们这行自然也为活人做些事。❹这叫作"白活"，就是给人家

名师导读

❶ "我"怀揣着当差的梦想，却在十五岁时被家人送过去做学徒，这与自己的理想背道而驰。虽如此，"我"还是乖乖地去了。表现了主人公顺从、老实的性格特点。【性格刻画】

❷ 裱糊匠：中国民间以替人裱糊棚顶、窗棂、门楣等为业的匠人。

❸ 倒头车：人死后，全家痛哭，将尸体停放在灵床上，灵床前设有香案、摆供品，在门外烧纸车、纸马，谓之"烧倒头车"。

❹ 这是一个过渡句，在结构上起到了承上启下的作用，使小说衔接更紧密。【承上启下】

糊顶棚。早年间没有洋房，每遇到搬家，娶媳妇，或别项喜事，总要把房间糊得四白落地，好显出焕然一新的气象。那大富之家，连春秋两季糊窗子也雇用我们。人是一天穷似一天了，搬家不一定糊棚顶，而那些有钱的呢，房子改为洋式的，棚顶抹灰，一劳永逸；窗子改成玻璃的，也用不着再糊上纸或纱。什么都是洋式好，耍手艺的可就没了饭吃。我们自己也不是不努力呀，洋车时行（指当时流行），我们就照样糊洋车；汽车时行，我们就糊汽车，我们知道改良。可是有几家死了人来糊一辆洋车或汽车呢？年头一旦大改良起来，我们的小改良全算白饶（白搭），水大漫不过鸭子去，有什么法儿呢！

名师伴你读 ‖ MING SHI BAN NI DU

阅读理解

　　小说开头部分讲述了主人公很要强、自信，怀揣着做官的梦想却被家人送去做了学徒，正当他以为可以安身立命之时，年头一变，裱糊匠没了用武之地，这个社会中的小人物无名无姓，他娓娓道来，却能走进读者的心里。

好词好句

　　光润　寒碜　逗哏打趣　增光耀祖
　　翻来覆去　焕然一新　一劳永逸

◆ 我看见不止一位了，官职很大，可是那笔字还不如我的好呢，连句整话都说不出来。这样的人既能作高官，我怎么不能呢？

学习要点

1. 语言平实：作者采用第一人称，以朴实的语言，向读者叙述主人公的生活经历和感受，拉近与读者的距离，增强小说的亲切感。

2. 运用想象：主人公想象自己今后的生活，给小说增添了生动性。

二

　　上面交代过了：我若是始终仗着那份儿手艺吃饭，恐怕就早已饿死了。不过，这点本事虽不能永远有用，可是三年的学艺并非没有很大的好处，这点好处教我一辈子享用不尽。我可以撂下家伙，干别的营生去；这点好处可是老跟着我。就是我死后，有人谈到我的为人如何，他们也必须要记得我少年曾学过三年徒。

　　学徒的意思是一半学手艺，一半学规矩。在初到铺子去的时候，不论是谁也得害怕，铺中的规矩就是委屈。当徒弟的得晚睡早起，得听一切的指挥与使遣，得低三下四地伺候人，饥寒劳苦都得高高兴兴的受着，有眼泪往肚子里咽。像我学艺的所在，铺子也就是掌柜的家；受了师傅的，还得受师母的，夹板儿气！能挺过这么三年，顶倔强的人也得软了，顶软和的人也得硬了；我简直的可以这么说，一个学徒的脾性不是天生带来的，而是被板子打出来的；像打铁一样，要打什么东西便成什么东西。（作者运用比喻的修辞手法生动形象地说明一个学徒所要遭受的委屈。【巧用修辞】）

　　在当时正挨打受气的那一会儿，我真想去寻死，那种气简直不是人所受得住的！但是，现在想起来，这种规矩与调教实在值金子。受过这种排练，天下便没有什么受不了的事啦。随便提一样吧，比方说教我去当兵，好哇，我可以做个满好的兵。军队的操演有时有会儿，而学徒们是除了睡觉没有任何休息时间的。我抓着工夫去出恭（出恭：上厕所），一边蹲着一边就能打个盹儿，因为遇上赶夜活的时候，我一天一夜只能睡上三四点钟的觉。我能一口吞下去一顿饭，刚端起饭碗，不是师傅喊，就是师娘叫，要不然便是有照顾主儿来定活，我得恭而敬之的招待，并且细心听着师傅怎样论活讨价钱。不把饭整吞下去怎办呢？这种排练教我遇到什么苦处都能硬挺，外带着还是挺和气。❶读书的人，据我这粗人看，永远不会懂得这个。现在的洋学堂里开运动会，学生跑上两个圈就仿佛有了汗马功劳一般，喝！又是揽着，又是抱着，往大腿上拍火酒，还闹脾气，还坐汽车！这样的公子哥儿哪懂得什么叫作规矩，哪叫排练呢？话往回来说，我所受的苦处给我打下了做事任劳任怨的底子，我永远不肯闲着，做起活来永不晓得闹脾气，耍别扭，我能和大兵们一样受苦，而大兵们不能像我这么和气。

再拿件实事来证明这个吧：在我学成出师以后，我和别的耍手艺的一样，为表明自己是凭本事挣钱的人，第一我先买了根烟袋，只要一闲着便捻上一袋吧唧着，仿佛很有身份，慢慢的，我又学了喝酒，时常弄两盅猫尿咂着嘴儿抿几口。❷嗜好就怕开了头，会了一样就不难学第二样，反正都是个玩艺吧咧。这可也就出了毛病。我爱烟爱酒，原本不算什么稀奇的事，大家伙儿都差不多是这样。可是，我一来二去的学会了吃大烟。那个年月，鸦片烟不犯私，非常的便宜；我先是吸着玩，后来可就上了瘾。不久，我便觉出手紧来了，做事也不似先前那么上劲了。我并没等谁劝告我，不但戒了大烟，而且把旱烟袋也撅了，从此烟酒不动！❸我入了"理门"❹。入理门，烟酒都不准动；一旦破戒，必走背运。所以我不但戒了嗜好，而且入了理门；背运在那儿等着我，我怎肯再犯戒呢？这点心胸与硬气，如今想起来，还是由学徒得来的。多大的苦处我都能忍受。初一戒烟戒酒，看着别人吸，别人饮，多么难过呢！心里真像有一千条小虫爬挠那么痒痒触触的难过。（将戒烟酒的痛苦程度比作有一千条小虫在爬挠，形象具体，易于读者领悟。【运用比喻】）但是我不能破戒，怕走背运。其实背运不背运的，都是日后的事，眼前的罪过可是不好受呀！硬挺，只有硬挺才能成功，怕走背运还在其次。我居然挺过来了，因为我学过徒，受过排练呀！

提到我的手艺来，我也觉得学徒三年的光阴并没白费了。凡是一门手艺，都得随时改良，方法是死的，运用可是活的。三十年前的瓦匠，讲究会磨砖对缝，作细工儿活；现在，他得会用洋灰和包镶人造石什么的。三十年前的木匠，讲究会雕花刻木，现在得会造洋式木器。我们这行也如此，不过比别的行业更活动。我们这行讲究看见什么就能糊什么。比方说，人家落了丧事，教我们糊一桌全席，我们就能糊出鸡鸭鱼肉来。赶上人家死了未出阁的姑娘，教我们糊一全份嫁妆，不管是四十八抬，还是三十二抬，我们便能由粉罐油瓶一直糊到衣橱穿衣镜。眼睛一看，手就能模仿下来，这是我们的本事。我们的本事不大，可是得有点聪明，一个心窟窿（即一个心眼，比喻不知道变通）的人绝不会成个好裱糊匠。

这样，我们做活，一边工作也一边游戏，仿佛是。我们的成败全仗着怎么把各色的纸调动的合适，这是耍心路的事儿。以我自己说，我有点小聪明。在学徒时候所挨的打，很少是为学不上活来，而多半是因为我有聪明而好调皮不听话。我的聪明也许一点也显露不出来，假若我是去学打铁，或是拉大锯——老那么打，老那么拉，一点变动没有。幸而我学了裱糊匠，把基本的技能学会了以后，我便开始自出花样，怎么灵巧逼真我怎么做。有时候我白费了许多工夫与材料，而做不出我所想到的东西，可是这更教我加紧去揣摩，去调动，非把它做成下可。❶ 这个，真是个好习惯。有聪明，而且知道用聪明，我必须感谢这三年的学徒，在这三年养成了我会用自己的聪明的习惯。诚然，我一辈子没做过大事，但是无论什么事，只要是平常人能做的，我一瞧就能明白个五六成。我会砌墙，栽树，修理钟表，看皮货的真假，合婚择日，知道五行八作的行话上诀窍……这些，我都没学过，只凭我的眼去看，我的手去试验；我有勤苦耐劳与多看多学的习惯；这个习惯是在冥衣铺学徒三年养成的。到如今我才明白过来——我已是快饿死的人了！——假若我多读上几年书，只抱着书本死啃，像那些秀才与学堂毕业的人们那样，我也许一辈子就糊糊涂涂的下去，而什么也不晓得呢！❷ 裱糊的手艺没有给我带来官职和财产，可是它让我活得很有趣；穷，但是有趣，有点人味儿。

刚二十多岁，我就成为亲友中的重要人物了。不因为我有钱与身份，而是因为我办事细心，不辞劳苦。自从出了师，我每天在街口的茶馆里等着同行的来约请帮忙。我成了街面上的人，年轻，利落，懂得场面。有人来约，我便去做活；没人来约，我也闲不

名师导读

❶ 主人公用朴实的语言向读者讲述着自己揣摩工艺和技法的过程，让读者在敬佩之余更增添了一份对这个小人物的喜欢。【正面描写】

❷ 做学徒时的磨难使主人公勤苦耐劳，养成了多学多看的习惯，也更能够适应这个社会。如果只是一味地学习书本，那什么也不晓得呢。作者通过主人公告诉我们要学以致用，切不可读死书。【含义深刻】

住：亲友家许许多多的事都托付我给办，我甚至于刚结过婚便给别人家做媒了。

给别人帮忙就等于消遣。我需要一些消遣。为什么呢？前面我已说过：我们这行有两种活，烧活和白活。做烧活是有趣而干净的，白活可就不然了。糊顶棚自然得先把旧纸撕下来，这可真够受的，没做过的人万也想不到顶棚上会能有那么多尘土，而且是日积月累攒下来的，比什么土都干、细、钻鼻子，撕完三间屋子的棚，我们就都成了土鬼。及至扎好了秫秸，糊新纸的时候，新银花纸的面子是又臭又挂鼻子。尘土与纸面子就能教人得痨病——现在叫作肺病。我不喜欢这种活儿。(主人公向我们详细地介绍了做白活的具体过程和所要面对的困难以及付出的辛苦，让我们了解裱糊匠这一职业的艰辛。【描写详细】)可是，在街上等工作，有人来约就不能拒绝，有什么活得干什么活。应下这种活儿，我差不多老在下边裁纸递纸抹糨糊，为的是可以不必上"交手"，而且可以低着头干活儿，少吃点土。就是这样，我也得弄一身灰，我的鼻子也得像烟筒。做完这么几天活，我愿意做点别的，变换变换。那么，有亲友托我办点什么，我是很乐意帮忙的。

再说呢，做烧活吧，做白活吧，这种工作老与人们的喜事或丧事有关系。熟人们找我订活，也往往就手儿托我去讲别项的事，如婚丧事的搭棚，讲执事，雇厨子，定车马等等。我在这些事儿中渐渐找出乐趣，晓得如何能捏住巧处，给亲友们既办得漂亮，又省些钱，不能窝窝囊囊地被人捉了"大头"。我在办这些事儿的时候，得到许多经验，明白了许多人情，久而久之，我成了个很精明的人，虽然还不到三十岁。

名师伴你读 MING SHI BAN NI DU

阅读理解

　　小说在这一部分向我们介绍了主人公在学徒期间所受的辛苦，但他没有后悔，反而很感谢这段经历。这段经历教会他很多：要受得住委屈，做事要任劳任怨，要懂得灵活变通等。小说向我们展现了一个积极进取的人物形象。文字质朴，口语化的语言如同在与读者闲聊，读起来备感亲切。

好词好句

　　撂下　使遣　调教　消遣　低三下四
　　日积月累　糊糊涂涂　窝窝囊囊

◆ 初一戒烟戒酒，看着别人吸，别人饮，多么难过呢！心里很像有一千条小虫爬挠那么痒痒触触的难过。

◆ 我简直的可以这么说，一个学徒的脾性不是天生带来的，而是被板子打出来的；像打铁一样，要打什么东西便成什么东西。

学习要点

　　1. 语言平淡：采用朴实的语言，向读者叙述主人公的生活经历和感受，拉近与读者的距离。

　　2. 善用比喻：文中多次运用比喻手法，增加小说的生动性和形象感。

三

由前面所说过的去推测，谁也能看出来，我不能老靠着裱糊的手艺挣饭吃。像逛庙会忽然遇上雨似的，年头一变，大家就得往四散里跑。在我这一辈子里，我仿佛是走着下坡路，收不住脚。心里越盼着天下太平，身子越往下出溜❶。这次的变动，不使人缓气，一变好像就要变到底。这简直不是变动，而是一阵狂风，把人糊糊涂涂地刮得不知上哪里去了。在我小时候发财的行当与事情，许多许多都忽然走到绝处，永远不再见面，仿佛掉在了大海里头似的。裱糊这一行虽然到如今还阴死巴活的始终没完全断了气，可是大概也不会再有抬头的一日了。我老早的就看出这个来。在那太平的年月，假若我愿意的话，我满可以开个小铺，收两个徒弟，安安顿顿的混两顿饭吃。幸而我没那么办。一年得不到一笔大活，只仗着糊一辆车或两间屋子的顶棚什么的，怎能吃饭呢？睁开眼看看，这十几年了，可有过一笔体面的活？我得改行，我算是猜对了。

不过，这还不是我忽然改了行的唯一的原因。年头儿的改变不是个人所能抵抗的，胳臂扭不过大腿去，跟年头儿叫死劲简直是自己找别扭。可是，个人独有的事往往来得更厉害，它能马上教人疯了。去投河觅井都不算新奇，不用说把自己的行业放下，而去干些别的了。个人的事虽然很小，可是一加在个人身上便受不住；一个米粒很小，教蚂蚁去搬运便很费力气。（作者将个人生活的重担借助蚂蚁搬米粒来刻画突显，更浅显形象，加深读者的理解。【运用类比】）个人的事也是如此。人活着是仗了一口气，多噙❷有点事儿，把这些气憋住，人就要抽风。人是多么小的玩艺儿呢！

我的精明与和气给我带来背运。乍一听这句话仿佛是不合情理，可是千真万确，一点儿不假，假若这要不落在我自己身上，我也许不大相信天下会有这宗事。它竟自找到了我；在当时，我差不多真成了个疯子。隔了这么二三十年，现在想起那回事儿来，我满可以微微一笑，仿佛想起一个故事来似的。现在我明白了个人的好处不必一定就有利于自己。一个人好，大家都好，这点好处才有用，正是如鱼得水。一个人好，而大家并不都好，个人的好处也许就是让他倒霉的祸根。精明和气有什么用呢！现在，我悟过这点理儿来，想起那件事不过点点头，笑一笑罢了。在当时，我可真有点咽不下去那口气。那时候我还很年轻啊。

哪个年轻的人不爱漂亮呢？在我年轻的时候，给人家行人情或办点事，我的打扮与气派谁也不敢说我是个手艺人。在早年间，皮货很贵，而且不准乱穿。❸如今的人，今天得了马票或奖券，明天就可以穿上狐皮大衣，不管是个十五岁的孩子还是二十岁还没刮过脸的小伙子。早年间可不行，年纪身份决定个人的服装打扮。那年月，在马褂或坎肩上安上一条灰鼠领子就仿佛是很漂亮阔气。我老安着这么条领子，马褂与坎肩都是青大缎的——那时候的缎子也不怎么那样结实，一件马褂至少也可以穿上十来年。在给人家糊棚顶的时候，我是个土鬼；回到家中一梳洗打扮，我立刻变成个漂亮小伙子。我不喜欢

名师 导 读

❶ 出溜（chū liu）：向下滑，也指走下坡路。

❷ 多喒（zán）：大概，恐怕。

❸ 作者用平淡的语气，通俗的语言道出了当时社会的等级森严，人们的穿着打扮都要受到限制，朴实的语言下隐含着主人公的无奈。【语言通俗】

那个土鬼，所以更爱这个漂亮的青年。我的辫子又黑又长，脑门剃得锃光青亮，穿上带灰鼠领子的缎子坎肩，我的确像个"人儿"！（工作之余的闲暇，主人公就会将自己好好收拾一番，因为哪怕是身处卑贱地位的小人物也理应有他的自尊。【外貌描写】）

一个漂亮小伙子所最怕的恐怕就是娶个丑八怪似的老婆吧。我早已有意无意地向老人们透了个口话：不娶倒没什么，要娶就得来个够样儿的。那时候，自然还不时兴自由婚，可是已有男女两造对相对看的办法。要结婚的话，我得自己去相看，不能马马虎虎就凭媒人的花言巧语。

二十岁那年，我结了婚，我的妻比我小一岁。把她放在哪里，她也得算个俏式利落的小媳妇；在订婚以前，我亲眼相看的呀。她美不美，我不敢说，我说她俏式利落，因为这四个字就是我择妻的标准；她要是不够这四个字的格儿，当初我决不会点头。在这四个字里很可以见出我自己是怎样的人来。那时候，我年轻，漂亮，做事麻利，所以我一定不能要个笨牛似的老婆。

这个婚姻不能说不是天配良缘。我俩都年轻，都利落，都个子不高；在亲友面前，我们像一对轻巧的陀螺似的，四面八方的转动，招得那年岁大些的人们眼中要笑出一朵花来。我俩竞争着去在大家面前显出个人的机警与口才，到处争强好胜，只为教人夸奖一声我们是一对最有出息的小夫妇。别人的夸奖增高了我俩彼此间的敬爱，颇有点英雄惜英雄，好汉爱好汉的劲儿。

我很快乐，说实话：我的老人没挣下什么财产，可是有一所儿房。我住着不用花租金的房子，院中有不少的树木，檐前挂着一对黄鸟。我呢，有手艺，有人缘，有个可心的年轻女人。不快乐不是自找别扭吗？❶

对于我的妻，我简直找不出什么毛病来。不错，有时候我觉得她有点太野；可是哪个利落的小媳妇不爽快呢？她爱说话，因为她会说；她不大躲避男人，因为这正是做媳妇所应享的利益，特别是刚出嫁而有些本事的小媳妇，她自然愿意把做姑娘时的腼腆收起一些，而大大方方的自居为"媳妇"。这点实在不能算作毛病。况且，她见了长辈又是那么亲热体贴，殷勤的伺候，那么她对年轻一点的人随便一些也正是理之当然；她是爽快大方，所以对于年老的正像对于年少的，都愿表示出亲热周到来。我没因为她爽快而责备她过。

她有了孕，做了母亲，她更好看了，也更大方了——我简直的不忍再用那个"野"字！世界上还有比怀孕的少妇更可怜，年轻的母亲更可爱的吗？看她坐在门槛上，露着点胸，给小娃娃奶吃，我只能更爱她，而想不起责备她太不规矩。

到了二十四岁，我已有一儿一女。对于生儿养女，做丈夫的有什么功劳呢！赶上高兴，男子把娃娃抱起来，耍巴❷一回；其余的苦处全是女人的。我不是个糊涂人，不必等谁告诉我才能明白这个。真的，生小孩，养育小孩，男人有时候想去帮忙也归无用；不过，一个懂得点人事的人，自然该使作妻的痛快一些，自由一些；欺侮孕妇或一个年轻的母亲，据我看，才真是混蛋呢！对

125

于我的妻，自从有了小孩之后，我更放任了些；我认为这是当然的合理的。

再一说呢，夫妇是树，儿女是花；有了花的树才能显出根儿深。一切猜忌，不放心，都应该减少，或者完全消灭；小孩子会把母亲拴得结结实实的。所以，即使我觉得她有点野——真不愿用这个臭字——我也不能不放心了，她是个母亲呀。(主人公多次想到自己的妻子"野"，虽然嘴上说放心，但隐隐透出不安来。【埋下伏笔】)

名师伴你读 | MING SHI BAN NI DU

阅读理解

　　小说的第三部分主要围绕主人公娶妻的事情展开叙述，向我们展现了一个知足、乐观、还算快乐的社会小人物。文章用平凡场景中的小镜头反映生活中的大冲撞，让读者在诙谐与幽默中品味生活的沉重。

好词好句

　　殷勤　放任　如鱼得水　俏式利落　千真万确

　　马马虎虎　争强好胜　大大方方　结结实实

◆ 个人的事虽然很小，可是一加在个人身上便受不住；一个米粒很小，教蚂蚁去搬运便很费力气。

学习要点

　　1. 以小见大：作者用以小见大的手法，从描写"我"入手，表现社会大众的心态。

　　2. 运用类比：类比手法的运用使得小说更浅显易懂。

四

直到如今，我还是不能明白那到底是怎么一回事。

我所不能明白的事也就是当时教我差点儿疯了的事，我的妻跟人家跑了。

我再说一遍，到如今我还不能明白那到底是怎回事。我不是个固执的人，因为我久在街面上，懂得人情，知道怎样找出自己的长处与短处。但是，对于这件事，我把自己的短处都找遍了，也找不出应当受这种耻辱与惩罚的地方来。所以，我只能说我的聪明与和气给我带来祸患，因为我实在找不出别的道理来。

我有位师哥，这位师哥也就是我的仇人。街口上，人们都管他叫作黑子，我也就还这么叫他吧；不便道出他的真名实姓来，虽然他是我的仇人。"黑子"，由于他的脸不白；不但不白，而且黑得特别，所以才有这个外号。他的脸真像个早年间人们揉的铁球，黑，可是非常的亮；黑，可是光润；黑，可是油光水滑的可爱。当他喝下两盅酒，或发热的时候，脸上红起来，就好像落太阳时的一些黑云，黑里透出一些红光。（作者运用比喻的手法来描写黑子的外貌，人如其名，"他的脸真像个早年间人们揉的铁球""脸上红起来，就好像黑云里透出的一些红光"这样细致的描写使黑子这个人物更形象具体了。【运用比喻】）至于他的五官，简直没有什么好看的地方，我比他漂亮多了。他的身量很高，可也不见得怎么魁梧，高大而懒懒松松的。他所以不至教人讨厌他，总而言之，都仗着那一张发亮的黑脸。

我跟他是很好的朋友。他既是我的师哥，又那么傻大黑粗的，即使我不喜爱他，我也不能无缘无故的怀疑他。我的那点聪明不是给我预备着去猜疑人的；反之，我知道我的眼睛里不容沙子，所以我因信任自己而信任别人。我以为我的朋友都不至于偷偷地对我掏坏招数。

一旦我认定谁是个可交的人，我便真拿他当个朋友看待。对于我这个师哥，即使他有可猜疑的地方，我也得敬重他，招待他，因为无论怎样，他到底是我的师哥呀。同是一门儿学出来的手艺，又同在一个街口上混饭吃，有活没活，一天至少也得见几面；对这么熟的人，我怎能不拿他当作个好朋友呢？有活，我们一同去做活；没活，他总是到我家来吃饭喝茶，有时候也摸几把索儿胡❶玩——那时候"麻将"还不十分时兴。我和蔼，他也不客气；遇到什么就吃什么，遇到什么就喝什么，我一向不特别为他预备什么，他也永远不挑剔。他吃得很多，可是不懂得挑食。看他端着大碗，跟着我们吃热汤儿面什么的，真是个痛快的事。他吃得四脖子汗流，嘴里西啦胡噜的响，脸上越来越红，慢慢地成了个半红的大煤球似的；❷谁能说这样的人能存着什么坏心眼儿呢！

　　一来二去，我由大家的眼神看出来天下并不很太平。可是，我并没有怎么往心里搁这回事。假若我是个糊涂人，只有一个心眼，大概对这种事不会不听见风就是雨，马上闹个天昏地暗，也许立刻把事情弄个水落石出，也许是望风捕影而弄一鼻子灰。我的心眼多，决不肯这么糊涂瞎闹，我得平心静气的想一想。

❶ 索儿胡：一种纸牌，玩法和算法跟麻将一样。

❷ 作者把黑子吃热汤面的样子写得十分细致。在主人公眼里，黑子就是一个没有坏心眼，憨厚鲁莽的人。所以他不明白黑子能做出这种事。【描写细致】

先想我自己，想不出我有什么不对的地方来，即使我有许多毛病，反正至少我比师哥漂亮，聪明，更像个人儿。

再看师哥吧，他的长相，行为，财力，都不能教他为非作歹，他不是那种一见面就教女人动心的人。

最后，我详详细细的为我的年轻的妻子想一想：她跟了我已经四五年，我俩在一处不算不快乐。即使她的快乐是假装的，而愿意去跟个她真喜爱的人——这在早年间几乎是不能有的——大概黑子也绝不会是这个人吧？他跟我都是手艺人，他的身份一点不比我高。同样，他不比我阔，不比我漂亮，不比我年轻；那么，她贪图的是什么呢？想不出。就满打说她是受了他的引诱而迷了心，可是他用什么引诱她呢，是那张黑脸，那点本事，那身衣裳，腰里那几吊钱？笑话！哼，我要是有意的话吗，我倒满可以去引诱引诱女人；虽然钱不多，至少我有个样子。黑子有什么呢？再说，就是说她一时迷了心窍，分别不出好歹来，难道她就肯舍得那两个小孩吗？

我不能信大家的话，不能立时疏远了黑子，也不能傻子似的去盘问她。我全想过了，一点缝子没有，我只能慢慢地等着大家明白过来他们是多虑。（当自己的妻子和师哥的事情被大家议论之时，"我"没有气急败坏地去询问他们，而是慢慢地察看，表明主人公是一个有头脑、遇事冷静的人。【心理描写】）即使他们不是凭空造谣，我也得慢慢地察看，不能无缘无故地把自己，把朋友，把妻子，都卷在黑土里边。有点聪明的人做事不能鲁莽。

可是，不久，黑子和我的妻子都不见了。直到如今，我没再见过他俩。为什么她肯这么办呢？我非见着她，由她自己吐出实话，我不会明白。我自己的思想永远不够对付这件事的。

我真盼望能再见她一面，专为明白明白这件事。到如今我还是在个葫芦里。

当时我怎样难过，用不着我自己细说。谁也能想到，一个年轻漂亮的人，守着两个没了妈的小孩，在家里是怎样的难过；一个聪明规矩的人，最亲爱的妻子跟师哥跑了，在街面上是怎么难堪。同情我的人，有话说不出，不认识我的人，听到这件事，总不会责备我的师哥，而一直的管我叫"王八"。在咱们这讲孝悌忠信的社会里，人们很喜欢有个王八，好教大家有放手指头的准头。❶我的口闭上，我的牙咬住，我心中只有他们俩的影儿和一片血。不用教我见着他们，见着就是一刀，别的无须乎再说了。

在当时，我只想拼上这条命，才觉得有点人味儿。现在，事情过去这么多年了。我可以细细地想这件事在我这一辈子里的作用了。

我的嘴并没闲着，到处打听黑子的消息。没用，他俩真像石沉大海一般，打听不着确实的消息，慢慢地我的怒气消散了一些；说也奇怪，怒气一消，我反倒可怜我的妻子。黑子不过是个手艺人，而这种手艺只能在京津一带大城里找到饭吃，乡间是不需要讲究的烧活的。那么，假若他俩是逃到远处去，他拿什么养活她呢？哼，假若他肯偷好朋友的妻子，难道他就不会把她卖掉吗？这个恐惧时常在我心中绕来绕去。我真希望她忽然

❶ 妻子和师哥跑了，"我"是受害者。但"我"这个受害者却受到世人的责备和嘲笑，这是一种普遍的社会现象。国人受封建思想的影响根深蒂固，既可怜又可悲。

孝悌（tì）忠信：孝是孝敬父母，友爱兄弟，忠是心志坚定，信是诚实而知耻。孝悌忠信是古时做人的基本道德。

【揭露现实】

131

逃回来，告诉我她怎样上了当，受了苦处；假若她真跪在我的面前，我想我不会不收下她的，一个心爱的女人，永远是心爱的，不管她做了什么错事。她没有回来，没有消息，我恨她一会儿，又可怜她一会儿，胡思乱想，我有时候整夜的不能睡。

过了一年多，我的这种乱想又轻淡了许多。是的，我这一辈子也不能忘了她，可是我不再为她思索什么了。我承认了这是一段千真万确的事实，不必为它多费心思了。

我到底怎样了呢？这倒是我所要说的，因为这件我永远猜不透的事在我这一辈子里实在是件极大的事。这件事好像是在梦中丢失了我最亲爱的人，一睁眼，她真的跑得无影无踪了。这个梦没法儿明白，可是它的真确劲儿是谁也受不了的。做过这么个梦的人，就是没有成疯子，也得大大地改变；他是丢失了半个命呀！

名师伴你读 ‖ MING SHI BAN NI DU

阅读理解

主人公自信地以为凭着自己的帅气精明一定可以和妻子过上和美甜蜜的日子，可天意弄人，妻子竟然抛下他和孩子与他的师哥浪迹天涯了，他无论如何也想不明白妻子为什么这么做，以致过了一年多才肯承认这个事实。主人公虽生性乐观，风趣幽默，但这件事却给了他致命一击，让他"丢失了半个命"。

好词好句

油光水滑　　慢慢松松　　无缘无故　　天昏地暗　　水落石出

望风捕影　　平心静气　　石沉大海　　胡思乱想　　千真万确

无影无踪　　为非作歹　　凭空造谣

◆ "黑子"，由于他的脸不白；不但不白，而且黑得特别，所以才有这个外号。他的脸真像个早年间人们揉的铁球，黑，可是非常的亮；黑，可是光润；黑，可是油光水滑的可爱。当他喝下两盅酒，或发热的时候，脸上红起来，就好像落太阳时的一些黑云，黑里透出一些红光。

◆ 他吃得四脖子汗流，嘴里西啦胡噜的响，脸上越来越红，慢慢地成了个半红的大煤球似的。

学习要点

1. 抓住人物特征刻画人物：作者在描写黑子这个人物时抓住其"脸黑"的特点，使人物形象跃然纸上，令人印象深刻。

五

最初，我连屋门也不肯出，我怕见那个又明又暖的太阳。

顶难堪的是头一次上街：抬着头大大方方的走吧，准有人说我天生来的不知羞耻。低着头走，便是自己招认了脊背发软。怎么着也不对。我可是问心无愧，没做过一点对不起人的事。

我破了戒，又吸烟喝酒了。什么背运不背运的，有什么再比丢了老婆更倒霉的呢？我不求人家可怜我，也犯不上成心对谁耍刺儿，我独自吸烟喝酒，把委屈放在心里好了。再没有比不测的祸患更能扫除了迷信的；以前，我对什么神仙都不敢得罪；现在，我什么也不信，连活佛也不信了。迷信，我哑摸出来，是盼望得点意外的好处；赶到遇上意外的难处，你就什么也不盼望，自然也不迷信了。我把财神和灶王的龛❶——我亲手糊的——都烧了。亲友中很有些人说我成了二毛子的。什么二毛子三毛子的，我再不给谁磕头。<u>人若是不可靠，神仙就更没准儿了。</u>（<u>自己的妻子与师哥跑了，主人公由此得出人是不可靠的这一结论。【总结上文】</u>）

我并没变成忧郁的人。这种事本来是可以把人愁死的，可是我没往死牛犄角里钻。我原是个活泼的人，好吧，我要打算活下去，就得别丢了我的活泼劲儿。不错，意外的大祸往往能忽然把一个人的习惯与脾气改变了；可是我决定要保持住我的活泼。我吸烟，喝酒，不再信神佛，不过都是些使我活泼的方法。不管我是真乐还是假乐，我乐！在我学艺的时候，我就会这一招，经过这次的变动，我更必须这样了。现在，我已快饿死了，我还是笑着，连我自己也说不清这是真的还是假的笑，反正我笑，多喀死了多喀我并上嘴。从那件事发生了以后，直到如今，我始终还是个有用的人，热心的人，可是我心中有了个空儿。这个空儿是那件不幸的事给我留下的，<u>像墙上中了枪</u>

弹，老有个小窟窿似的。❷ 我有用，我热心，我爱给人家帮忙，但是不幸而事情没办到好处，或者想不到的扎手，我不着急，也不动气，因为我心中有个空儿。这个空儿会教我在极热心的时候冷静，极欢喜的时候有点悲哀，我的笑常常和泪碰在一处，而分不清哪个是哪个。

这些，都是我心里头的变动，我自己要是不说——自然连我自己也说不大完全——大概别人无从猜到。在我的生活上，也有了变动，这是人人能看到的。我改了行，不再当裱糊匠，我没脸再上街口去等生意，同行的人，认识我的，也必认识黑子；他们只需多看我几眼，我就没法再咽下饭去。在那报纸还不大时行的年月，人们的眼睛是比新闻还要厉害的。现在，离婚都可以上衙门去明说明讲，早年间男女的事儿可不能这么随便。我把同行中的朋友全放下了，连我的师傅师母都懒得去看，我仿佛是要由这个世界一脚跳到另一个世界去。这样，我觉得我才能独自把那桩事关在心里头。年头的改变教裱糊匠们的活路越来越狭，但是要不是那回事，我也不会改行改得这么快，这么干脆。放弃了手艺，没什么可惜；可是这么放弃了手艺，我也不会感谢"那"回事儿！不管怎说吧，我改了行，这是个显然的变动。

名师导读

❶ 龛（kān）：供奉佛像、神位等的小阁子。

❷ 作者把主人公受伤后心中的那个"空儿"比喻成墙上中弹后留下的小窟窿，形象具体地表达出主人公内心的痛苦。【巧用比喻】

　　决定扔下手艺可不就是我准知道应该干什么去。我得去乱碰，像一只空船浮在水面上，浪头是它的指南针。在前面我已经说过，我认识字，还能抄抄写写，很够当个小差事的。再说呢，当差是个体面的事，我这丢了老婆的人若能当上差，不用说那必能把我的名誉恢复了一些。现在想起来，这个想法真有点可笑；在当时我可是诚心的相信这是最高明的办法。"八"字还没有一撇儿，我觉得很高兴，仿佛我已经很有把握，既得到差事，又能恢复了名誉。我的头又抬得很高了。

　　哼！手艺是三年可以学成的；差事，也许要三十年才能得上吧！一个钉子跟着一个钉子，都预备着给我碰呢！我说我识字，哼！敢情有好些个能整本背书的人还挨饿呢。我说我会写字，敢情会写字的绝不算出奇呢。我把自己看得太高了。可是，我又亲眼看见，那做着很大的官儿的，一天到晚山珍海味的吃着，连自己的姓都不大认得。那么，是不是我的学问又太大了，而超过了做官所需要的呢？我这个聪明人也没法儿不显着糊涂了。（识字、会背书的人在挨饿，连自己姓都不大认得的人却当着大官儿，吃着山珍海味。作者通过这两种人的对比，突出表现了社会的不公平。【巧做对比】）

　　慢慢地，我明白过来。原来差事不是给本事预备着的，想做官第一得有人。这简直没了我的事，不管我有多么大的本事。我自己是个手艺人，所认识的也是手艺人；我爸爸呢，又是个白丁❶，虽然是很有本事与品行的白丁。我上哪里去找差事当呢？

　　事情要是逼着一个人走上哪条道儿，他就非去不可，就像火车一样，轨道已摆好，照着走就是了，一出花样准得翻车！我也是如此。决定扔下了手艺，而得不到个差事，我又不能老这么闲着。好啦，我的面前已摆好了铁轨，只准上前，不许退后。❷

　　我当了巡警。

　　巡警和洋车是大城里头给苦人们安好的两条火车道。大字不识而什么手艺也没有的，只好去拉车。拉车不用什么本钱，肯出汗就能吃窝窝头。识几个字而好体面的，有手艺而挣不上饭的，只好去当巡警；别的先不提，挑巡警用不着多大的人情，而且一挑上先有身制服穿着，六块钱拿着；好歹是个差事。除了这条道，我简直无路可走。我既没混到必须拉车去的地步，又没有作高官的舅舅或姐丈，巡警正好不高不低，只要我肯，就能穿上一身铜纽子的制服。当兵比当巡警有起色，即使熬不上军官，至少能有抢劫些东西的机会。可是，我不能去当兵，我家中还有俩没娘的小孩呀。当兵要野，当巡警要文明；换句话说，当兵有发邪财的机会，当巡警是穷而文明一辈子；穷得要命，文明得稀松！

以后这五六十年的经验，我敢说这么一句：真会办事的人，到时候才说话，爱张罗办事的人——像我自己——没话也找话说。我的嘴老不肯闲着，对什么事我都有一片说词，对什么人我都想很恰当地给起个外号。我受了报应：第一件事，我丢了老婆，把我的嘴封起来一二年！第二件是我当了巡警。在我还没当上这个差事的时候，我管巡警们叫作"马路行走"，"避风阁大学士"和"臭脚巡"。这些无非都是说巡警们的差事只是站马路，无事忙，跑臭脚。哼！我自己当上

137

"臭脚巡"了！生命简直就是自己和自己开玩笑，一点不假！我自己打了自己的嘴巴，可并不因为我做了什么缺德的事；至多也不过爱多说几句玩笑话罢了。在这里，我认识了生命的严肃，连句玩笑话都说不得的！好在，我心中有个空儿；我怎么叫别人"臭脚巡"，也照样叫自己。这在早年间叫作"抹稀泥"，现在的新名词应叫着什么，我还没能打听出来。

　　我没法不去当巡警，可是真觉得有点委屈。是呀，我没有什么出众的本事，但是论街面上的事，我敢说我比谁知道的也不少。巡警不是管街面上的事情吗？那么，请看看那些警官儿吧：有的连本地的话都说不上来，二加二是四还是五都得想半天。哼！他是官，我可是"招募警"；他的一双皮鞋够开我半年的饷！他什么经验与本事也没有，可是他做官。这样的官儿多了去啦！上哪儿讲理去呢？记得有位教官，头一天教我们操法的时候，忘了叫"立正"，而叫了"闸住"。用不着打听，这位大爷一定是拉洋车出身。有人情就行，今天你拉车，明天你姑父做了什么官儿，你就可以弄个教官当当；叫"闸住"也没关系，谁敢笑教官一声呢！❶ 这样的自然是不多，可是有这么一位教官，也就可以教人想到巡警的操法是怎么稀松二五眼了。内堂的功课自然绝不是这样教官所能担任的，因为至少得认识些个字才能"虎"得下来。我们的内堂的教官大概可以分为两种：一种是老人儿们，多数都有口鸦片烟瘾；他们要是能讲明白一样东西，就凭他们那点人情，大概早就做上大官儿了；唯其什么也讲不明白，所以才来做教官。另一种是年轻的小伙子们，讲的都是洋事，什么东洋巡警怎么样，什么法国违警律如何，仿佛我们都是洋鬼子。这种讲法有个好处，就是他们信口开河瞎扯，我们一边打盹一边听着，谁也不准知道东洋和法国是什么样儿，可不就随他的便说吧。我满可以编一套美国的事讲给大家听，可惜我不是教官罢了。这群年轻的小人们真懂外国事儿不懂，无从知道；反正我准知道他们一点中国事儿也不晓得。这两种教官的年纪上学问上都不同，可是他们有个相同的地方，就是他们都高不成低不就，所以对对付付的只能做教官。他们的人情真不小，可是本事太差，所以来教一群为六块洋钱而一声不敢出的巡警就最合适。

教官如此，别的警官也差不多是这样。想想：谁要是能去做一任知县或税局局长，谁肯来做警官呢？前面我已交代过了，当巡警是高不成低不就，不得已而为之。警官也是这样。这群人由上至下全是"狗熊耍扁担，混碗儿饭吃"。（这句话运用歇后语，使表达更诙谐幽默，使人加深理解和记忆。【妙用歇后语】）不过呢，巡警一天到晚在街面上，不论怎样抹稀泥，多少得能说会道，见机而作，把大事化小，小事化无；既不多给官面上惹麻烦，又让大家都过得去；真的吧假的吧，这总得算点本事。而做警官的呢，就连这点本事似乎也不必有。阎王好做，小鬼难当，诚然！

名师导读

① 小说为我们列举了警官各种滑稽可笑的事情，"二加二是四还是五都得想半天""立正而叫了闸住"令人忍俊不禁，在增加小说趣味性的同时，也揭示了当时社会黑暗腐败的现象。【举例恰当】

名师伴你读 MING SHI BAN NI DU

阅读理解

　　朋友妻不可欺，人尽皆知的话在他身上破碎了，没有给他留下任何理由的私奔让他体会到了不该有的痛。这个打击让他措手不及、狼狈不堪，更何况是那个年代，那个有一丁点丑事都会被指指点点、戳脊梁骨的年代！闲言碎语不在话下，谁又能受得了呢，更多的苦只能咽进自己的肚里。虽然举步维艰，可路还得往前走，不能回头。年头的改变更让他的活路越来越窄。为了该为的一切，他改了行，当了巡警，开始了他另一段人生，但依然苦得可怕！

好词好句

　　问心无愧　山珍海味　信口开河

◆ 这个空儿是那件不幸的事给我留下的，像墙上中了枪弹，老有个小窟窿似的。

◆ 这群人由上到下全是"狗熊耍扁担，混碗儿饭吃"。

学习要点

　　善用比喻修辞：

　　文中多处运用比喻修辞，使文章的表达既生动形象，又寓意深刻，且便于读者理解。例如，将主人公心中的那个"容儿"比喻成墙上中弹后留下的小窟窿，看着就让人心疼；将主人公比作一只空船，将浪头比作指南针，寓示着主人公在遭受人生重大变故后的盲无目的、随波逐流；将主人公未来的道路比作铁轨，只准上前，不许退后，揭示出主人公做巡警的被逼无奈。

六

我再多说几句，或者就没人再说我太狂傲无知了。我说我觉得委屈，真是实话；请看吧：一月挣六块钱，这跟当仆人的一样，而没有仆人们那些"外找儿"；死挣六块钱，就凭这么个大人——腰板挺直，样子漂亮，年轻力壮，能说会道，还得识文断字！这一大堆资格，一共值六块钱！

六块钱饷粮，扣去三块半钱的伙食，还得扣去什么人情公议儿，净剩也就是两块上下钱吧。衣服自然是可以穿官发的，可是到休息的时候，谁肯还穿着制服回家呢；那么，不作不作也得有件大褂什么的。要是把钱做了大褂，一个月就算白混。再说，谁没有家呢？父母——呕，先别提父母吧！就说一夫一妻吧：至少得赁一间房，得有老婆的吃，喝，穿。就凭那两块大洋！谁也不许生病，不许生小孩，不许吸烟，不许吃点零碎东西；连这么着，月月还不够嚼谷！

我就不明白为什么肯有人把姑娘嫁给当巡警的，虽然我常给同事的做媒。当我一到女家提说的时候，人家总对我一撇嘴，虽不明说，但是意思很明显，"哼！当巡警的！"可是我不怕这一撇嘴，因为十回倒有九回是撇完嘴而点了头。难道是世界上的姑娘太多了吗？我不知道。(巡警是人们看不上的职业，是说媒时被瞧不上的职业，却依然有很多人愿意将自己的女儿嫁给巡警。主人公不知道原因，这恰恰反映出当时世人艰难辛酸的生活，表达了他们无奈的心情。【反映社会现实】)

由哪面儿看，巡警都活该是鼓着腮帮子充胖子而教人哭不得笑不得的。穿起制服来，干净利落，又体面又威风，车马行人，打架吵嘴，都由他管着。他这是差事；可是他一月除了吃饭，净剩两块来钱。他自己也知道中气不足，可是不能不硬挺着腰板，到时候他得娶妻生子，还是仗着那两块来钱。提婚的时候，头一句是说："小人呀当差！"当差的底下还有什么呢？没人愿意细问，一问就糟到底。

是的，巡警们都知道自己怎样的委屈，可是风里雨里他得去巡街下夜，一点懒儿不敢偷；一偷懒就有被开除的危险；他委屈，可不敢抱怨，他劳苦，可不敢偷闲，他知道自己在这里混不出来什么，而不敢冒险搁下差事。这点差事扔了可惜，做着又没劲；这些人也就人儿似的先混过一天是一天，在没劲中要露出劲儿来，像打太极拳似的。

世上为什么应当有这种差事，和为什么有这样多肯做这种差事的人？我想不出来。假若下辈子我再托生为人，而且忘了喝迷魂汤，还记得这一辈子的事，我必定要扯着脖子去喊：这玩艺儿整个的是丢人，是欺骗，是杀人不流血！现在，我老了，快饿死了，连喊这么几句也顾不及了，我还得先为下顿的窝窝头着忙呀！❶

自然在我初当差的时候，我并没有一下子就把这些都看清楚了，谁也没有那么聪明。反之，一上手当差我倒觉出点高兴来：穿上整齐的制服，靴帽，的确我是漂亮精神，而且心里说：好吧歹吧，这是个差事；凭我的聪明与本事，不久我必有个升腾。我很留神看巡长巡官们制服上的铜星与金道，而想象着我将来也能那样。我一点也没想到那铜星与金道并不按着聪明与本事颁给人们呀。(虽然"我"有点聪明和本事,但升迁"并不按着聪明与本事",在这里暗示了主人公未能如愿、坎坷一生的命运。【暗示人物命运】)

　　新鲜劲儿刚一过去,我已经讨厌那身制服了。它不教任何人尊敬,而只能告诉人:"臭脚巡"来了!拿制服的本身说,它也很讨厌:夏天它就像牛皮似的,把人闷得满身臭汗;冬天呢,它一点也不像牛皮了,而倒像是纸糊的;它不许谁在里边多穿一点衣服,只好任着狂风由胸口钻进来,由脊背钻出去,整打个穿堂!再看那双皮鞋,冬冷夏热,永远不教脚舒服一会儿;穿单袜的时候,它好像是两大篓子似的,脚趾脚踵都在里边乱抓弄,而始终我不道鞋在哪里;到穿棉袜的时候,它们忽然变得很紧,不许棉袜与脚一齐伸进去。有多少人因包办制服皮鞋而发了财,我不知道,我只知道我的脚永远烂着,夏天闹湿气,冬天闹冻疮。(主人公用制服具体写出了对巡警这一职务的厌恶:鞋子不合脚、衣服夏不散热冬不保暖。作者在风趣幽默中道出了巡警不易,生活不易。【语言幽默】)自然,烂脚也得照常的去巡街站岗,要不然就别挣那六块洋钱!多么热,或多么冷,别人都可以找地方去躲一躲,连洋车夫都可以自由的歇半天,巡警得去巡街,得去站岗,热死冻死都活该,那六块现大洋买着你的命呢!

　　记得在哪儿看见过这么一句:食不饱,力不足。不管这句在原地方讲的是什么吧,反正拿来形容巡警是没有多大错儿的。最可怜,又可笑的是我们既吃不饱,还得挺着劲儿,站在街上得像个样子!要饭的花子有时不饿也弯着腰,假充饿了三天三夜;反之,巡警却不饱也得鼓起肚皮,假装刚吃完三大碗鸡丝面似的。(叫花子不饿装饿,而巡警却不饱装饱,巧妙的对比道出了底层人民的辛酸。【妙用对比】)

花子装饿倒有点道理，我可就是想不出巡警假装酒足饭饱有什么理由来，我只觉得这真可笑。

人们都不满意巡警的对付事，抹稀泥。哼！抹稀泥自有它的理由。不过，在细说这个道理之前，我愿先说件极可怕的事。有了这件可怕的事，我再返回头来细说那些理由，仿佛就更顺当，更生动。好！就这样办啦。

名师伴你读 | MING SHI BAN NI DU

阅读理解

当了巡警才算更加认清了那个年代的"世面"，也就学会了不得不学的"抹稀泥"，对上面得无条件服从命令，完成任务。对下面你想管但又没人服，没有人会去听一个当巡警的。夹在中间真是让人喘不过气来，黑暗笼罩着整片天空。

好词好句

狂傲无知　能说会道　识文断字　干净利落　酒足饭饱

◆ 穿单袜的时候，它好像是两个大篓子似的脚趾脚踵都在里边乱抓弄，而始终我不知道鞋在哪里；到穿棉袜的时候，它们忽然变得很紧，不许棉袜与脚一齐伸进去。

学习要点

1. 举例恰当：作者列举了众多的例子，如六块钱饷粮、不合身的制服等，让读者更全面具体地了解主人公当巡警后生活的不易。

2. 深化主题：小说在叙述的过程中加入了主人公对自己的职业，对社会、对人生的思考，深化了主题，引发读者深思。

七

应当有月亮，可是教黑云给遮住了，处处都很黑。❶我正在个僻静的地方巡夜。我的鞋上钉着铁掌，那时候每个巡警又须带着一把东洋刀，四下里鸦雀无声，听着我自己的铁掌与佩刀的声响，我感到寂寞无聊，而且几乎有点害怕。眼前忽然跑过一只猫，或忽然听见一声鸟叫，都教我觉得不是味儿，

❶ 黑云遮住了明亮的月光，使天空中仅有的一点亮光都消失了。作者以这句环境描写作为这一部分的开头，为小说渲染了一种黑暗、悲凉的氛围。【渲染气氛】

勉强着挺起胸来，可是心中总空空虚虚的，仿佛将有些什么不幸的事情在前面等着我。不完全是害怕，又不完全气粗胆壮，就那么怪不得劲的，手心上出了点凉汗。（作者详细地描写了主人公的感受：异于平常的害怕、不得劲、手心出凉汗。这些细致的描写预示着下文这场战争的到来。【描写细致】）平日，我很有点胆量，什么看守死尸，什么独自看管一所脏房，都算不了一回事。不知为什么这一晚上我这样胆虚，心里越要耻笑自己，便越觉得不定哪里藏着点危险。我不便放快了脚步，可是心中急切地希望快回去，回到那有灯光与朋友的地方去。忽然，我听见一排枪！我立定了，胆子反倒壮起来一点；真正的危险似乎倒可以治好了胆虚，惊疑不定才是恐惧的根源，我听着，像夜行的马竖起耳朵那样。又一排枪，又一排枪！没声了，我等着，听着，静寂得难堪。像看见闪电而等着雷声那样，我的心跳得很快。拍，拍，拍，拍，四面八方都响起来了！

我的胆气又渐渐地往下低落了。一排枪，我壮起气来；枪声太多了，真遇到危险了；我是个人，人怕死；我忽然地跑起来，跑了几步，猛地又立住，听一听，枪声越来越密，看不见什么，四下漆黑，只有枪声，不知为什么，不知在哪里，黑暗里只有我一个人，听着远处的枪响。往哪里跑？到底是什么事？应当想一想，又顾不得想；胆大也没用，没有主意就不会有胆量。还是跑吧，糊涂的乱动，总比呆立哆嗦着强。我跑，狂跑，手紧紧地握住佩刀。像受了惊的猫狗，不必想也知道往家里跑。我已忘了我是巡警，我得先回家看看我那没娘的孩子去，要是死就死在一处！

要跑到家，我得穿过好几条大街。刚到了头一条大街，我就晓得不容易再跑了。街上黑黑忽忽的人影，跑得很快，随跑随着放枪。兵！我知道那是些辫子兵。而我才刚剪了发不多日子。我很后悔我没像别人那样把头发盘起来，而是连根儿烂真正剪去了辫子。假若我能马上放下辫子来，虽然这些兵们平素很讨厌巡警，可是因为我有辫子或者不至于把枪口冲着我来。在他们眼中，没有辫子便是二毛子，该杀。❶我没有了这么条宝贝！我不敢再动，只能蒙在黑影里，看事行事。兵们在路上跑，一队跟着一队，枪声不停。我不晓得他们是干什么呢？待了一会儿，兵们好像是都过去了，我往外探了探头，见外面没有什么动静，我就像一只夜鸟儿似的飞过了马路，到了街的另一边。❷在这极快地穿过马路的一会儿里，我的眼梢撩着一点红光。十字街头起了火。我还藏在黑影里，不久，火光远远的照亮了一片；再探头往外看，我已可以影影绰绰地看到十字街口，所有四面把角的铺户已全烧起来，火影中那些兵们来回奔跑，放着枪。我明白了，这是兵变。不久，火光更多了，一处接着一处，由光亮的距离我可以断定：凡是附近的十字口与丁字街全烧了起来。

说句该挨嘴巴的话，火是真好看！远处，漆黑的天上，忽然一白，紧跟着又黑了。忽然又一白，猛的冒起一个红团，有一块天象烧红的铁板，红得可怕。在红光里看见了多少股黑烟，和火舌们高低不齐的往上冒，一会儿烟遮住了火苗；一会儿火苗冲破了黑烟。黑烟滚着，转着，千变万化的往上升，凝成

名师导读

❶ 主人公叙述的这部分经历的背景是当时国民革命军推翻了满清皇朝，象征满族标志的辫子被剪掉了，当时的社会是动荡的。这段话真切地表现出陈腐动荡的社会背景下底层小人物无力掌握自己命运的悲哀。【反映小说背景】

❷ 把主人公过马路比作一只夜鸟儿飞过了马路，生动形象地写出了他过马路的速度之快，也衬托出他当时极度害怕的心理。【比喻恰当】

一片，罩住下面的火光，像浓雾掩住了夕阳。待一会儿，火光明亮了一些，烟也改成灰白色儿，纯净，旺炽，火苗不多，而光亮结成一片，照明了半个天。那近处的，烟与火中带着种种的响声，烟往高处起，火往四下里奔；烟像些丑恶的黑龙，火像些乱长乱钻的红铁笋。烟裹着火，火裹着烟，卷起多高，忽然离散，黑烟里落下无数的火花，或者三五个极大的火团。火花火团落下，烟象痛快轻松了一些，翻滚着向上冒。火团下降，在半空中遇到下面的火柱，又狂喜地往上跳跃，炸出无数火花。火团远落，遇到可以燃烧的东西，整个的再点起一把新火，新烟掩住旧火，一时变为黑暗；新火冲出了黑烟，与旧火联成一气，处处是火舌，火柱，飞舞，吐动，摇摆，癫狂。忽然哗啦一声，一架房倒下去，火星，焦炭，尘土，白烟，一齐飞扬，火苗压在下面，一齐在底下往横里吐射，像千百条探头吐舌的火蛇。静寂，静寂，火蛇慢慢地，忍耐地，往上翻。绕到上边来，与高处的火接到一处，通明，纯亮，忽忽地响着，要把人的心全照亮了似的。

（这段对火焰的描写精彩绝伦，富含象征意义。新火象征新思潮，旧火象征封建旧思想，新火与旧火的斗争象征着当时动荡危险的社会。这样写使小说含义深刻，从而给读者留下咀嚼回味的余地。【巧用象征】）

　　我看着，不，不但看着，我还闻着呢！在种种不同的味道里，我哑摸着：这是那个金匾黑字的绸缎庄，那是那个山西人开的油酒店。由这些味道，我认识了那些不同的火团，轻而高飞的一定是茶叶铺的，迟笨黑暗的一定是布店的。这些买卖都不是我的，可是我都认得，闻着它们火葬的气味，看着它们火团的起落，我说不上来心中怎样难过。

　　我看着，闻着，难过，我忘了自己的危险，我仿佛是个不懂事的小孩，只顾了看热闹，而忘了别的一切。我的牙打得很响，不是为自己害怕，而是对这奇惨的美丽动了心。

回家是没希望了。我不知道街上一共有多少兵，可是由各处的火光猜度起来，大概是热闹的街口都有他们。他们的目的是抢劫，可是顺着手儿已经烧了这么多铺户，焉知不就棍打腿的杀些人玩玩呢？我这剪了发的巡警在他们眼中还不和个臭虫一样，只需一搂枪机就完了，并不费多少事。想到这个，我打算回到"区"里去，"区"离我不算远，只需再过一条街就行了。可是，连这个也太晚了。当枪声初起的时候，连贫带富，家家关了门；街上除了那些横行的兵们，简直成了个死城。及至火一起来，铺户里的人们开始在火影里奔走，胆大一些的立在街旁，看着自己的或别人的店铺燃烧，没人敢去救火，可也舍不得走开，只那么一声不出地看着火苗乱窜。胆小一些的呢，争着往胡同里藏躲，三五成群的藏在巷内，不时向街上探探头，没人出声，大家都哆嗦着。❶火越烧越旺了，枪声慢慢地稀少下来，胡同里的住户仿佛已猜到是怎么一回事，最先是有人开门向外望望，然后有人试着步往街上走。街上，只有火光人影，没有巡警，被兵们抢过的当铺与首饰店全大敞着门！……这样的街市教人们害怕，同时也教人们胆大起来；一条没有巡警的街正像是没有老师的学房，多么老实的孩子也要闹哄闹哄。一家开门，家家开门，街上人多起来；铺户已有被抢过的了，跟着抢吧！平日，谁能想到那些良善守法的人民会去抢劫呢？哼！机会一到，人们立刻显露了原形。说声抢，壮实的小伙子们首先进了当铺，金店，钟表行。男人们回去一趟，第二趟出来已搀夹上女人和孩子们。被兵们抢过的铺子自然不必费事，进去随便拿就是了；可是紧跟着那些尚未被抢过的铺户的门也拦不住谁了。粮食店，茶叶铺，百货店，什么东西也是好的，门板一律砸开。(这段话直接写出了在那个人性被压制已久的社会里，一旦没有了约束和管制，压抑已久的人们"立刻显露了原形"，引发读者对人性的思考。【直接描写】)

我一辈子只看见了这么一回大热闹：男女老幼喊着叫着，狂跑着，拥挤着，争吵着，砸门的砸门，喊叫的喊叫，嗑喳！门板倒下去，一窝蜂似的跑进去，乱挤乱抓，压倒在地的狂号，身体利落的往柜台上蹿，全红着眼，全拼着命，全奋勇前进，挤成一团，倒成一片，散走全街。背着，抱着，扛着，曳着，像一片战胜的蚂蚁，昂首疾走，去而复归，呼妻唤子，前呼后应。❶

苦人当然出来了，哼！那中等人家也不甘落后呀！

贵重的东西先搬完了，煤米柴炭是第二拨。有的搬着整坛香油，有的独自扛着两口袋面，瓶子罐子碎了一街，米面洒满了便道，抢啊！抢啊！抢啊！谁都恨自己只长了一双手，谁都嫌自己的腿脚太慢！有的人会推着一坛子白糖，连人带坛在地上滚，像屎壳郎推着个大粪球。(作者将推着白糖坛子的人比作屎壳郎推着大粪球，语言幽默，在风趣中又表达了自己对他们的讽刺。【比喻修辞】)

强中自有强中手，人是到处会用脑子的！有人拿出切菜刀来了，立在巷口等着："放下！"刀晃了晃。口袋或衣服，放下了；安然的，不费力的，拿回家去。"放下！"不灵验，刀下去了，把面口袋砍破，下了一阵小雷，二人滚在一团。过路的急走，捎带着说了句："打什么，有的是东西！"两位明白过来，立起来向街头跑去。抢啊，抢啊！有的是东西！

我挤在了一群买卖人的中间，藏在黑影里。我并没说什么，他们似乎很明白我的困难，大家一声不出，而紧紧地把我包围住。不要说我还是个巡警，连他们买卖人也不敢抬起头来。他们无法去保护他们的财产与货物，谁敢出头抵抗谁就是不要命，兵们有枪，人民也有切菜刀呀！是的，他们低着头，好像倒怪羞惭似的。❷ 他们唯恐和抢劫的人们——也就是他们平日的照顾主儿——对了脸，羞恼成怒，在这没有王法的时候，杀几个买卖人总不算一回事呢！所以，他们也保护着我。想想看吧，这一带的居民大概不会不认识我吧！我三天两头的到这里来巡逻。平日，他们在墙根撒尿，我都要讨他们的厌，上前干涉；他们怎能不恨恶我呢！现在大家正在兴高采烈的白拿东西，要是遇见我，他们一人给我一砖头，我也就活不成了。即使他们不认识我，反正我是穿着制服，佩着东洋刀呀！在这个局面下，冒而咕咚地出来个巡警，够多么不合适呢！我满可以上前去道歉，说我不该这么冒失，他们能白白地饶了我吗？

名师 导 读

❶ 作者将男女老幼砸门哄抢的场面描写得淋漓尽致，他们像一群战胜的蚂蚁昂首疾去，这样写使场面变成一幅生动而充满感染力的图画。【场景描写】

❷ 买卖人夹在有枪的兵们和有切菜刀的人民的中间，他们什么都不能做，也不敢做。这段话反映出艰难不易在那个社会中是普遍的。【直接描写】

　　街上忽然清静了一些，便道上的人纷纷往胡同里跑，马路当中走着七零八散的兵，都走得很慢；我摘下帽子，从一个学徒的肩上往外看了一眼，看见一位兵士，手里提着一串东西，像一串儿螃蟹似的。我能想到那是一串金银的镯子。他身上还有多少东西，不晓得，不过一定有许多硬货，因为他走得很慢。多么自然，多么可羡慕呢！自自然然的，提着一串镯子，在马路中心缓缓地走，有烧亮的铺户作着巨大的火把，给他们照亮了全城！

　　兵过去了，人们又由胡同里钻出来。东西已抢得差不多了，大家开始搬铺户的门板，有的去摘门上的匾额。我在报纸上常看见"彻底"这两个字，咱们的良民们打抢的时候才真正彻底呢！

　　这时候，铺户的人们才有出头喊叫的："救火呀！救火呀！别等着烧净了呀！"喊得教人一听见就要落泪！我身旁的人们开始活动。我怎么办呢？他们要是都去救火，剩下我这一个巡警，往哪儿跑呢？我拉住了一个屠户！他脱给了我那件满是猪油的大衫。把帽子夹在胳肢窝底下。一手握着佩刀，一手揪着大襟，我擦着墙根，逃回"区"里去。

名师伴你读 ｜ MING SHI BAN NI DU

阅读理解

　　人们在这种世界里，已没有了人格的尊严，当发生兵乱时，不仅是那些当兵的强盗在抢东西，更甚的是抢劫的百姓比当兵的还多。但老舍并没有对他们进行批判，是啊，命都没有了，哪还讲尊严与道德呢？真是可悲可叹！

好词好句

鸦雀无声　寂寞无聊　惊疑不定　气粗胆壮

昂首疾走　七零八散　前呼后应

◆ 火团远落，遇到可以燃烧的东西，整个的再点起一把新火，新烟掩住旧火，一时变为黑暗；新火冲出了黑烟，与旧火联成一气，处处是火舌，火柱，飞舞，吐动，摇摆，癫狂。忽然哗啦一声，一架房倒下去，火星，焦炭，尘土，白烟，一齐飞扬，火苗压在下面，一齐在底下往横里吐射，像千百条探头吐舌的火蛇。静寂，静寂，火蛇慢慢地，忍耐地，往上翻。绕到上边来，与高处的火接到一处，通明，纯亮，忽忽地响着，要把人的心全照亮了似的。

学习要点

1. 巧用比喻：作者运用比喻的修辞使描写的事物更具体，易于理解。

2. 场景描写：精彩的场面描写使文字变成一幅生动而充满感染力的图画。

八

我没去抢，人家所抢的又不是我的东西，这回事简直可以说和我不相干。可是，我看见了，也就明白了。明白了什么？我不会干脆的，恰当的，用一半句话说出来；我明白了点什么意思，这点意思教我几乎改变了点脾气。丢老婆是一件永远忘不了的事，现在它有了伴儿，我也永远忘不了这次的兵变。丢老婆是我自己的事，只需记在我的心里，用不着把家事国事天下事全拉扯上。这次的变乱是多少万人的事，只要我想一想，我便想到大家，想到全城，简直的我可以用这回事去断定许多的大事，就好像报纸上那样谈论这个问题那个问题似的。对了，我找到了一句漂亮的了。这件事教我看出一点意思，由这点意思我呷摸着许多问题。不管别人听得懂这句与否，我可真觉得它不坏。

我说过了：自从我的妻潜逃之后，我心中有了个空儿。经过这回兵变，那个空儿更大了一些，松松通通的能容下许多玩艺儿。还接着说兵变的事吧！把它说完全了，你也就可以明白我心中的空儿为什么大起来了。

当我回到宿舍的时候，大家还全没睡呢。不睡是当然的，可是，大家一点也不显着着急或恐慌，吸烟的吸烟，喝茶的喝茶，就好像有红白事熬夜那样。我的狼狈的样子，不但没引起大家的同情，倒招得他们直笑。我本排着一肚子话要向大家说，一看这个样子也就不必再言语了。我想去睡，可是被排长给拦住了："别睡！待一会儿，天一亮，咱们全得出去弹压❶地面！"这该轮到我发笑了；街上烧抢到那个样子，并不见一个巡警，等到天亮再去弹压地面，岂不是天大的笑话！命令是命令，我只好等到天亮吧！

还没到天亮，我已经打听出来：原来高级警官们都预先知道兵变的事儿，可是不便于告诉下级警官和巡警们。这就是说，兵变是警察们管不了的事，要变就变吧；下级警官和巡警们呢，夜间糊糊涂涂的照常去巡逻站岗，是生是死随他们去！这个主意够多么活动而毒辣呢！再看巡警们呢，全和我自己一样，听见枪声就往回跑，谁也不傻。这样的巡警正好对得起这样的警官，自上而下全是瞎打混的当"差事"，一点不假！

虽然很要困，我可是急于想到街上去看看，夜间那一些情景还都在我的心里，我愿白天再去看一眼，好比较比较，教我心中这张画儿有头有尾。天亮得似乎很慢，也许是我心中太急。天到底慢慢地亮起来，我们排上队。我又要笑，有的人居然把盘起来的辫子梳好了放下来，巡长们也作为没看见。有的人在快要排队的时候，还细细刷了刷制服，用布擦亮了皮鞋！街上有那么大的损失，还有人顾得擦亮了鞋呢。我怎能不笑呢！

到了街上，我无论如何也笑不出了！从前，我没真明白过什么叫作"惨"，这回才真晓得了。天上还有几颗懒得下去的大星，云色在灰白中稍微带出些蓝，清凉，暗淡。❷到处是焦煳的气味，空中游动着一些白烟。铺户全敞着门，没有一个整窗子，大人和小徒弟都在门口，或坐或立，谁也不出声，也不动手收拾什么，像一群没有主儿的傻羊。火已经停止住延烧，可是已被烧残的地方还静静的冒着白烟，吐着细小而明亮的火苗。微风一吹，那烧焦的房柱忽然又亮起来，顺着风摆开一些小火旗。最初起火的几家已成了几个巨大的焦土堆，山墙没有倒，空空的围抱着几座冒烟的坟头。最后燃烧的地方还都立着，墙与前脸全没塌倒，可是门窗一律烧掉，成了些黑洞。有一只猫还在这样的一家门口坐着，被烟熏的连连打嚏，可是还不肯离开那里。（作者详细地描写了兵变之后街上的场景：铺户全部敞着门，没有一扇完整的窗户，店主像没主儿的傻羊一样呆呆地站着，到处是烧残的灰烬，一片萧条，令人心寒。【场景描写】）

平日最热闹体面的街口变成了一片焦木头破瓦，成群的焦柱静静地立着，东西南北都是这样，懒懒的，无聊的，欲罢不能的冒着些烟。地狱什么样？我不知道。大概这就差不多吧！我一低头，便想起往日街头上的景象，那些体面的铺户是多么华丽可爱。一抬头，眼前只剩了焦煳的那么一片。心中记得的景象与眼前看见的忽然碰到一处，碰出一些泪来。这就叫作"惨"吧？火场外有许多买卖人与学徒们呆呆地立着，手揣在袖里，对着残火发愣。❶遇见我们，他们只淡淡地看那么一眼，没有任何别的表示，仿佛他们已绝了望，用不着再动什么感情。

过了这一带火场，铺户全敞着门窗，没有一点动静，便道上马路上全是破碎的东西，比那火场更加凄惨。火场的样子教人一看便知道那是遭了火灾，这一片破碎静寂的铺户与东西使人莫名其妙，不晓得为什么繁华的街市会忽然变成绝大的垃圾堆。我就被派在这里站岗。我的责任是什么呢？不知道。我规规矩矩地立在那里，连动也不敢动，这破烂的街市仿佛有一股凉气，把我吸住。一些妇女和小孩子还在铺子外边拾取一些破东西，铺子的人不作声，我也不便去管；我觉得站在那里简直是多此一举。

太阳出来，街上显着更破了，像阳光下的叫花子那么丑陋。地上的每一个小物件都露出颜色与形状来，花哨得奇怪，杂乱得使人憋气。没有一个卖菜的，赶早市的，卖早点心的，没有一辆洋车，一匹马，整个的街上就是那么破破烂烂，冷冷清清，连刚出来的太阳都仿佛垂头丧气不大起劲，空空洞洞的悬在天上。一个邮差从我身旁走过去，低着头，身后扯着一条长影。我哆嗦了一下。

待了一会儿，段上的巡官下来了。他身后跟着一名巡警，两人都非常精神的在马路当中当当的走，好像得了什么喜事似的。❷巡官告诉我：注意街上的秩序，大令已经下来了！我行了礼，莫名其妙他说的是什么？那名巡警似乎看出来我的傻气，低声找补了一句：赶开那些拾东西的，大令下来了！我没心思去执行，可是不敢公然违抗命令，我走到铺户外边，向那些妇人孩子们摆了摆手，我说不出话来！

一边这样维持秩序，我一边往猪肉铺走，为是说一声，那件大褂等我给洗好了再送来。屠户在小肉铺门口坐着呢，我没想到这样的小铺也会遭抢，可是竟自成个空铺子了。我说了句什么，屠户连头也没抬。我往铺子里望了望：大小肉墩子，肉钩子，钱筒子，油盘，凡是能拿走的吧，都被人家拿走了，只剩下了柜台和架肉案子的土台！（一个小小的猪肉铺都被洗劫一空，凡是能拿走的都被拿走了。从侧面反映出人性的丑恶，这是那个时代的悲剧，更是每个人的悲剧。【侧面描写】）

我又回到岗位，我的头痛得要裂。要是老教我看着这条街，我知道不久就会疯了。

大令真到了。十二名兵，一个长官，捧着就地正法的令牌，枪全上着刺刀。呕！原来还是辫子兵啊！他们抢完烧完，再出来就地正法别人；什么玩艺呢？我还得给令牌行礼呀！

行完礼，我急快往四下里看，看看还有没有捡拾零碎东西的人，好警告他们一声。连屠户的木墩都搬了走的人民，本来值不得同情；可是被辫子兵们杀掉，似乎又太冤枉。

说时迟，那时快，一个十四五岁的男孩子没有走脱。枪刺围住了他，他手中还攥住一块木板与一只旧鞋。拉倒了，大刀亮出来，孩子喊了声"妈！"血溅出去多远，身子还抽动，头已悬在电线杆子上！（他们眼睛都不眨地刺死了一个没犯多大错误的男孩，突出表现了在当时社会下人命如草芥的现状，这样的事例足以震撼到我们的心灵。【举例恰当】）

我连吐口唾沫的力量都没有了，天地都在我眼前翻转。杀人，看见过，我不怕。我是不平！我是不平！请记住这句，这就是前面所说过的，"我看出一点意思"的那点意思。想想看，把整串的金银镯子提回营去，而后出来杀个拾了双破鞋的孩子，还说就地正"法"呢！天下要有这个"法"，我×"法"的亲娘祖奶奶！请原谅我的嘴这么野，但是这种事恐怕也不大文明吧？

事后，我听人家说，这次的兵变是有什么政治作用，所以打抢的兵在事后还出来弹压地面。连头带尾，一切都是预先想好了的。什么政治作用？咱不懂！咱只想再骂街。可是，就凭咱这么个"臭脚巡"，骂街又有什么用呢！

名师伴你读 MING SHI BAN NI DU

阅读理解

从小说中我们可以看出这些所谓的"巡警"只是一种摆设，他们被当成掠夺百姓民脂民膏的工具。他们一边在军队、长官面前当奴才，一边又要受普通百姓的唾骂。他们里外都不是人，甚至都不能保护一个十四五岁的男孩子，这"巡警"可真难当！想活命还真痛苦。

好词好句

潜逃　狼狈　莫名其妙　破破烂烂　冷冷清清　垂头丧气

◆ 火已经停止住延烧，可是已被烧残的地方还静静的冒着白烟，吐着细小而明亮的火苗。微风一吹，那烧焦的房柱忽然又亮起来，顺着风摆开一些小火旗。最初起火的几家已成了几个巨大的焦土堆，山墙没有倒，空空的围抱着几座冒烟的坟头。最后燃烧的地方还都立着，墙与前脸全没塌倒，可是门窗一律烧掉，成了些黑洞。有一只猫还在这样的一家门口坐着，被烟熏的连连打嚏，可是还不肯离开那里。

📖 学习要点

　　1. 场景描写：作者为我们呈现了兵乱停息后的萧条景象，我们可以更全面地体会人民生活的不易，更深刻地把握文章主题。

　　2. 描写细致：作者抓住兵乱后的细微而又具体的典型情节，加以生动细致的描绘，它具体渗透在对人物、景物或场面的描写之中，深化了小说主题。

九

简直我不愿再提这回事了，不过为圆上场面，我总得把问题提出来；提出来放在这里，比我聪明的人有的是，让他们自己去细咂摸吧！

怎么会"政治作用"里有兵变？

若是有意教兵来抢，当初干吗要巡警？

巡警到底是干吗的？是只管在街上小便的，而不管抢铺子的吗？

安善良民要是会打抢，巡警干吗去专拿小偷？

人们到底愿意要巡警不愿意？不愿意吧！为什么刚要打架就喊巡警，而且月月往外拿"警捐"？愿意吧！为什么又喜欢巡警不管事：要抢的好去抢，被抢的也一声不言语？❶

好吧，我只提出这么几个"样子"来吧！问题还多得很呢！我既不能去解决，也就不便再瞎叨叨了。这几个"样子"就真够教我糊涂的了，怎想怎不对，怎摸不清哪里是哪里，一会儿它有头有尾，一会儿又没头没尾，我这点聪明不够想这么大的事的。

我只能说这么一句老话，这个人民，连官儿，兵丁，巡警，带安善的良民，都"不够本"！所以，我心中的空儿就更大了呀！

名师 导 读

❶ 作者连用多个疑问句构成排比句，表达了作者的愤怒，这样写使语言有一股强大的气势，增强了文章的表达效果。【巧用句式】

在这群"不够本"的人们里活着，就是个对付劲儿，别讲究什么"真"事儿，我算是看明白了。

还有个好字眼儿，别忘下："汤儿事"。谁要是跟我一样，想不出什么好办法来，顶好用这个话，又现成，又恰当，而且可以不至把自己绕糊涂了。"汤儿事"，完了；如若还嫌稍微秃一点呢，再补上"真他妈的"，就挺合适。

名师伴你读 MING SHI BAN NI DU

阅读理解

从小说中我们可以看出这些所谓的"巡警"只是一种摆设，当发生兵变时，他们起不到任何的作用。这一部分是作者对前一部分兵变的总结，有愤怒，有无奈，可那又能怎样，只要你生活在这个黑暗、腐败的社会里，就永没有出头之日。

好词好句

咂摸 瞎叨叨

◆ 巡警到底是干吗的？是只管在街上小便的，而不管抢铺子的吗？

学习要点

巧用句式：小说采用排比句，增强了文章的表达效果。

十

不须再发什么议论，大概谁也能看清楚咱们国的人是怎回事了。由这个再谈到警察，稀松二五眼正是理之当然，一点也不出奇。就拿抓赌来说吧：早年间的赌局都是由顶有字号的人物作后台老板；不但官面上不能够抄拿，就是出了人命也没有什么了不得的；赌局里打死人是常有的事。赶到有了巡警之后，赌局还照旧开着，敢去抄吗？这谁也能明白，不必我说。可是，不抄吧，又太不像话；怎么办呢？有主意，捡着那老实的办几案，拿几个老头儿老太太，抄去几打儿纸牌，罚上十头八块的。巡警呢，算交上了差事；社会上呢，大小也有个风声，行了。拿这一件事比方十件事，警察自从一开头就是抹稀泥。它养着一群混饭吃的人，做些个混饭吃的事。社会上既不需要真正的巡警，巡警也犯不上为六块钱卖命。这很清楚。

这次兵变过后，我们的困难增多了老些。❶年轻的小伙子们，抢着了不少的东西，总算发了邪财。有的穿着两件马褂，有的十个手指头戴着十个戒指，都扬扬得意地在街上扭，斜眼看着巡警，鼻子里哽哽地哼白气。我只好低下头去，本来吗，那么大的阵式，我们巡警都一声没出，事后还能怨人家小看我们

❶ 这句话既是本段的中心句，又能合理地引出下文的叙述。【引起下文】

吗？赌局到处都是，白抢来的钱，输光了也不折本儿呀！我们不敢去抄，想抄也抄不过来，太多了。我们在墙儿外听见人家里面喊"人九"，"对子"，只作为没听见，轻轻地走过去。反正人们在院儿里头耍，不到街上来就行。哼！人们连这点面子也不给咱们留呀！那穿两件马褂的小伙子们偏要显出一点也不怕巡警——他们的祖父，爸爸，就没怕过巡警，也没见过巡警，他们为什么这辈子应当受巡警的气呢？——单要来到街上赌一场。有骰子就能开宝，蹲在地上就玩起活来。有一对石球就能踢，两人也行，五个人也行，"一毛钱一脚，踢不踢？好啦！'倒回来！'"拍，球碰了球，一毛。耍儿真不小呢，一点钟里也过手好几块。这都在我们鼻子底下，我们管不管呢？管吧！一个人，只佩着连豆腐也切不齐的刀，而赌家老是一帮年轻的小

伙子。❶明人不吃眼前亏，巡警得绕着道儿走过去，不管的为是。可是，不幸，遇见了稽察，"你难道瞎了眼，看不见他们聚赌？"回去，至轻是记一过。这份儿委屈上哪儿诉去呢？

这样的事还多得很呢！以我自己说，我要不是佩着那么把破刀，而是拿着把手枪，跟谁我也敢碰碰，六块钱的饷银自然合不着卖命，可是泥人也有个土性，架不住碰在气头儿上。可是，我摸不着手枪，枪在土匪和大兵手里呢。明明看见了大兵坐了车不给钱，而且用皮带抽洋车夫，我不敢不笑着把他劝了走。他有枪，他敢放，打死个巡警算得了什么呢！有一年，在三等窑子里，大兵们打死了我们三位弟兄，我们连凶首也没要出来。三位弟兄白白的死了，没有一个抵偿的，连一个挨几十军棍的也没有！他们的枪随便放，我们赤手空拳，我们这是文明事儿呀！

总而言之吧，在这么个以蛮横不讲理为荣，以破坏秩序为增光耀祖的社会里，巡警简直是多余。❷明白了这个，再加上我们前面所说过的食不饱力不足那一套，大概谁也能明白个八九成了。我们不抹稀泥，怎么办呢？我——我是个巡警——并不求谁原谅，我只是愿意这么说出来，心明眼亮，好教大家心里有个谱儿。

爽性我把最泄气的也说了吧：当过了一二年差事，我在弟兄们中间已经是个了不得的人物。遇见官事，长官们总教我去挡头一阵。弟兄们并不因此而忌妒我，因为对大家的私事我也不走在后边。这样，每逢出个排长的缺，大家总对我咕唧："这回一定是你补缺了！"仿佛他们非常希望要我这么个排长似的。虽然排长并没落在我身上，可是我的才干是大家知道的。

我的办事诀窍，就是从前面那一大堆话中抽出来的。比方说吧，有人来报被窃，巡长和我就去察看。糙糙的把门窗户院看一过儿，顺口搭音就把我们在哪儿有岗位，夜里有几趟巡逻，都说得详详细细，有滋有味，仿佛我们比谁都精细，都卖力气。然后，找门窗不甚严密的地方，话软而意思硬的开始反攻："这扇门可不大保险，得安把洋锁吧？告诉你，安锁要往下安，门槛那溜儿就很好，不容易教贼摸到。屋里养着条小狗也是办法，狗圈在屋里，不管是多么小，有动静就会汪汪，比院里放着三条大狗还有用。先生你看，我们多留点神，你自己也得注点意，两下一凑合，准保丢不了东西了。好吧，我们回去，多派几名下夜的就是了；先生歇着吧！"（作者运用京味语言为读者展现了一个巡警在与寻常百姓打交道时的"精细"——甜嘴蜜舌地"抹稀泥"。因为只有这样才不会被报复。这"巡警"可真难当。【语言描写】）这一套，把我们的责任卸了，他就赶紧得安锁养小狗；遇见和气的主儿呢，还许给我们泡壶茶喝。这就是我的本事。怎么不负责任，而且不教人看出抹稀泥来，我就怎办。话要说得好听，甜嘴蜜舌的把责任全推到一边去，准保不招灾不惹祸。弟兄们都会这一套，可是他们的嘴与神气差着点劲儿。一句话有多少种说法，把神气弄对了地方，话就能说出去又拉回来，像有弹簧似的。这点，我比他们强，而且他们还是学不了去，这是天生来的才分！

赶到我独自下夜，遇见贼，你猜我怎么办？我呀！把佩刀攥在手里，省得有响声；他爬他的墙，我走我的路，各不相扰。好吗，真要教他记恨上我，藏在黑影儿里给我一砖，我受得了吗？那谁，傻王九，不是瞎了一只眼吗？他还不是为拿贼呢！有一天，他和董志和在街口上强迫给人们剪发，一人手里一把剪刀，见着带小辫的，拉过来就是一剪子。哼！教人家记上了。等傻王九走单了的时候，人家照准了他的眼就是一把石灰："让你剪我的发，× 你妈妈的！"他的眼就那么瞎了一只。你说，这差事要不像我那么去当，还活着不活着呢？凡是巡警们以为该干涉的，人们都以为是"狗拿耗子多管闲事"，有什么法子呢？

我不能像傻王九似的，平白无故的丢去一只眼睛，我还留着眼睛看这个世界呢！轻手蹑脚地躲开贼，我的心里并没闲着，我想我那俩没娘的孩子，我算计这一个月的嚼谷。也许有人一五一十地算计，而用洋钱作单位吧？我呀，得一个铜子一个铜子的算。多几个铜子，我心里就宽绰；少几个，我就得发愁。还拿贼，谁不穷呢？穷到无路可走，谁也会去偷，肚子才不管什么叫做体面呢！❶

❶这句话再一次让我们感受到了那个时期贫民生活的无奈和心酸，引起读者与作者在感情上的共鸣，深化了文章主题。【深化主题】

名师伴你读 MING SHI BAN NI DU

阅读理解

"在这么个以蛮横不讲理为荣，以破坏秩序为增光耀祖的社会里，巡警简直是多余。"凡是巡警以为该干的，人们都以为是"狗拿耗子多管闲事"。是啊！在那个社会里，一个无名无权的小伙子又能改变些什么呢？就连自己也改变不了。所以人们也知道了，要想在这个社会生存下去，你只能无条件地融入，即使它浑浊不堪。

好词好句

扬扬得意　蛮横　增光耀祖　嫉妒　甜嘴蜜舌　宽绰

◆ 在这么个以蛮横不讲理为荣，以破坏秩序为增光耀祖的社会里，巡警简直是多余。

◆ 我呀，得一个铜子一个铜子的算。多几个铜子，我心里就宽绰；少几个，我就得发愁。还拿贼，谁不穷呢？穷到无路可走，谁也会去偷，肚子才不管什么叫做体面呢！

学习要点

巧用讽刺：主人公说到自己腰间的刀连豆腐都切不齐，讽刺了"巡警"只是摆设的事实，而且还能产生幽默的效果。

十一

这次兵变过后，又有一次大的变动：大清国改为中华民国❶了。改朝换代是不容易遇上的，我可是并没觉得这有什么意思。说真的，这百年不遇的事情，还不如兵变热闹呢。据说，一改民国，凡事就由人民主管了；可是我没看见。我还是巡警，饷银没有增加，天天出来进去还是那一套。原先我受别人的气，现在我还是受气；原先大官儿们的车夫仆人欺负我们，现在新官儿手底下的人也并不和气。❷"汤儿事"还是"汤儿事"，倒不因为改朝换代有什么改变。可也别说，街上剪发的人比从前多了一些，总得算作一点进步吧。牌九押宝慢慢地也少起来，贫富人家都玩"麻将"了，我们还是照样的不敢去抄赌，可是赌具不能不算改了良，文明了一些。

民国的民倒不怎样，民国的官和兵可了不得！像雨后的蘑菇似的，不知道哪儿来的这么些官和兵。官和兵本不当放在一块儿说，可是他们的确有些相像的地方。昨天还一脚黄土泥，今天做了官或当了兵，立刻就瞪眼；越糊涂，眼越瞪得大，好像是糊涂灯，糊涂得透亮儿。这群糊涂玩艺儿听不懂哪叫好话，哪叫歹话，无论你说什么；他们总是横着来。他们糊涂得教人替他们难过，可是他们很得

名师 导 读

❶ 中华民国：1911年至1949年中国的名称为中华民国，是辛亥革命以后建立的亚洲第一个民主共和国。

❷ 改朝换代对于老百姓来说毫无意义。他们依然没有民主，依然要受压迫。作者列举"原先……现在……"事例，揭露了在民国，底层贫民仍然是没有地位的，可悲可叹。
【揭露现实】

意。有时候他们教我都这么想了：我这辈大概做不了文官或是武官啦！因为我糊涂的不够程度！

　　几乎是个官儿就可以要几名巡警来给看门护院，我们成了一种保镖的，挣着公家的钱，可为私人做事。我便被派到宅门里去。从道理上说，为官员看守私宅简直不能算作差事；从实利上讲，巡警们可都愿意这么被派出来。我一被派出来，就拔升为"三等警"；"招募警"还没有被派出来的资格呢！我到这时候才算入了"等"。再说呢，宅门的事情清闲，除了站门，守夜，没有别的事可做；至少一年可以省出一双皮鞋来。事情少，而且外带着没有危险；宅里的老爷与太太若打起架来，用不着我们去劝，自然也就不会把我们打在底下而受点误伤。巡夜呢，不过是绕着宅子走两圈，准保遇不上贼；墙高狗厉害，小贼不能来，大贼不便于来——大贼找退职的官儿去偷，既有油水，又不至于引起官面严拿；他们不惹有势力的现任官。在这里，不但用不着去抄赌，我们反倒保护着老爷太太们打麻将。遇到宅里请客玩牌，我们就更清闲自在：宅门外放着一片车马，宅里到处亮如白昼，仆人来往如梭，两三桌麻将，四五盏烟灯，彻夜的闹哄，绝不会闹贼，我们就睡大觉，等天亮散局的时候，我们再出来站门行礼，给老爷们助威。要赶上宅里有红白事，我们就更合适：喜事唱戏，我们跟着白听戏，准保都是有名的角色，在戏园子里绝听不到这么齐全。丧事呢，虽然没戏可听，可是死人不能一半天就抬出去，至少也得停三四十天，念好几棚经；好了，我们就跟着吃吧；他们死人，咱们就吃犒劳。① 怕就怕死小孩，既不能开吊，又得听着大家呕呕的真哭。其次是怕小姐偷偷跑了，或姨太太有了什么大错而被休出去，我们捞不着吃喝看戏，还得替老爷太太们怪不得劲儿的！

　　教我特别高兴的，是当这路差事，出入也随便了许多，我可以常常回家看看孩子们。在"区"里或"段"上，请会儿浮假都好不容易，因为无论是在"内勤"或"外勤"，工作是刻板儿排好了的，不易调换更动。在宅门里，我站完门便没了我的事，只需对弟兄们说一声就可以走半天。这点好处常常教我害怕，怕再调回"区"里去；我的孩子们没有娘，还不多教他们看看父亲吗？

就是我不出去，也还有好处。我的身上既永远不疲乏，心里又没多少事儿，闲着干什么呢？我呀，宅上有的是报纸，闲着就打头到底地念。大报小报，新闻社论，明白吧不明白吧，我全念，老念。这个，帮助我不少，我多知道了许多的事，多识了许多的字。有许多字到如今我还念不出来，可是看惯了，我会猜出它们的意思来，就好像街面上常见着的人，虽然叫不上姓名来，可是彼此怪面善。❷ 除了报纸，我还满世界去借闲书看。不过，比较起来，还是念报纸的益处大，事情多，字眼儿杂，看着开心。唯其事多字多，所以才费劲；念到我不能明白的地方，我只好再拿起闲书来了。闲书老是那一套，看了上回，猜也会猜到下回是什么事；正因为它这样，所以才不必费力，看着玩玩就算了。报纸开心，闲书散心，这是我的一点经验。

在门儿里可也有坏处：吃饭就第一成了问题。在"区"里或"段"上，我们的伙食钱是由饷银里坐地儿扣，好歹不拘，天天到

❶ 作者列举了主人公给官员看守私宅的差事，为读者讲述了老爷、太太们的日常，从侧面衬托出当时社会官僚腐败、世道昏暗的现状。【巧用衬托】

❷ 面善：面熟，好像在哪里见过。

时候就有饭吃。派到宅门里来呢，一共三五个人，绝不能找厨子包办伙食，没有厨子肯包这么小的买卖的。宅里的厨房呢，又不许我们用；人家老爷们要巡警，因为知道可以白使唤几个穿制服的人，并不大管这群人有肚子没有。我们怎办呢？自己起灶，做不到，买一堆盆碗锅勺，知道哪时就又被调了走呢？再说，人家门头上要巡警原为体面好看，好，我们若是给人家弄得盆朝天碗朝地，刀勺乱响，成何体统呢？没法子，只好买着吃。

这可够别扭的。手里若是有钱，不用说，买着吃是顶自由了，爱吃什么就叫什么，弄两盅酒儿伍的，叫俩可口的菜，岂不是个乐子？请别忘了，我可是一月才共总进六块钱！吃的苦还不算什么，一顿一顿想主意可真教人难过，想着想着我就要落泪。我要省钱，还得变个样儿，不能老啃干馍馍辣饼子，像填鸭子似的。省钱与可口简直永远不能碰到一块，想想钱，我认命吧，还是弄几个干烧饼，和一块老腌萝卜，对付一下吧；想到身子，似乎又不该如此。想，越想越难过，越不能决定；一直饿到太阳平西还没吃上午饭呢！我家里还有孩子呢！我少吃一口，他们就可以多吃一口，谁不心疼孩子呢？吃着包饭，我无法少交钱；现在我可以自由的吃饭了，为什么不多给孩子们省出一点来呢？好吧，我有八个烧饼才够，就硬吃六个，多喝两碗开水，来个"水饱"！我怎能不落泪呢！（作者详细讲述了主人公生活的不易，只能啃干馍馍辣饼子，没有吃饱，就来个"水饱"。读者看后不禁跟着潸然泪下。同时，作者用以小见大的手法，由主人公一人反映全体平民生活的惨状，以微知著，更充分地表达主题思想。【以小见大】）

看看人家宅门里吧，老爷挣钱没数儿！是呀，只要一打听就能打听出来他拿多少薪俸，可是人家绝不指着那点固定的进项，就这么说吧，一月挣八百块的，若是干挣八百块，他怎能那么阔气呢？这里必定有文章。这个文章是这样的，你要是一月挣六块钱，你就死挣那个数儿，你兜儿里忽然多出一块钱来，都会有人斜眼看你，给你造些谣言。你要是能挣五百块，就绝不会死挣这个数儿，而且你的钱越多，人们越佩服你。这个文章似乎一点也不合理，可是它就是这么作出来的，你爱信不信！

报纸与宣讲所里常常提倡自由；事情要是等着提倡，当然是原来没有。我原没有自由；人家提倡了会子，自由还没来到我身上，可是我在宅门里看见它了。民国到底是有好处的，自己有自由没有吧，反正看见了也就得算开了眼。

你瞧，在大清国的时候，凡事都有个准谱儿；该穿蓝布大褂的就得穿蓝布大褂，有钱也不行。这个，大概就应叫作专制吧！一到民国来，宅门里可有了自由，只要有钱，你爱穿什么，吃什么，戴什么，都可以，没人敢管你。❶所以，为争自由，得拼命去搂钱；搂钱也自由，因为民国没有御史。你要是没在大宅门待过，大概你还不信我的话呢，你去看看好了。现在的一个小官都比老年间的头品大员多享着点福：讲吃的，现在交通方便，山珍海味随便吃，只要有钱。吃腻了这些还可以拿西餐洋酒换换口味；哪一朝的皇上大概也没吃过洋饭吧？讲穿的，讲戴的；

❶ 作者用大清国的专制与民国的自由做对比，突出表现了"自由"不是人民的自由，而是贪官污吏的挥霍无度，老百姓依然不能当家做主，更无自由可言。【巧做对比】

讲看的听的，使的用的，都是如此；坐在屋里你可以享受全世界最好的东西。如今享福的人才真叫作享福，自然如今搂钱也比从前自由的多。别的我不敢说，我准知道宅门里的姨太太擦五十块钱一小盒的香粉，是由什么巴黎来的；巴黎在哪儿？我不知道，反正那里来的粉是很贵。我的邻居李四，把个胖小子卖了，才得到四十块钱，足见这香粉贵到什么地步了，一定是又细又香呀，一定！（官老爷的姨太太擦五十块钱的香粉，相当于主人公八个多月的工资，比卖一个小男孩的钱还多十块钱。作者将这几个事例做比较，让读者了解到五十块钱在当时可不是小数目，再次深化了主题，揭示了官僚的贪污腐败。【巧做对比】）

好了，我不再说这个了；紧自贫嘴恶舌，倒好像我不赞成自由似的，那我哪敢呢！

我再从另一方面说几句，虽然还是话里套话，可是多少有点变化，好教人听着不俗气厌烦。刚才我说人家宅门里怎样自由，怎样阔气，谁可也别误会了人家做老爷的就整天的大把往外扔洋钱，老爷们才不这么傻呢！是呀，姨太太擦比一个小孩还贵的香粉，但是姨太太是姨太太，姨太太有姨太太的造化与本事。人家做老爷的给姨太太买那么贵的粉，正因为人家有地方可以抠出来。你就这么说吧，好比你做了老爷，我就能按着宅门的规矩告诉你许多诀窍：你的电灯，自来水，煤，电话，手纸，车马，天棚，家具，信封信纸，花草，都不用花钱；最后，你还可以白使唤几名巡警。这是规矩，你要不明白这个，你简直不配做老爷。告诉你一句到底的话吧，做老爷的要空着手儿来，满膛满馅的去，就好像刚惊蛰后的臭虫，来的时候是两张皮，一会儿就变成肚大腰圆，满兜儿血。（将官老爷比作惊蛰后的臭虫，形象具体，鲜明地表达了作者对他们的厌恶之情。【比喻恰当】）这个比喻稍粗一点，意思可是不错。自由的搂钱，专制的省钱，两下里一合，你的姨太太就可以擦巴黎的香粉了。这句话也许说得太深奥了一些，随便吧！你爱懂不懂。

这可就该说到我自己了。按说，宅门里白使唤了咱们一年半载，到节了年了的，总该有个人心，给咱们哪怕是顿犒劳饭呢，也大小是个意思。哼！休想！人家做老爷的钱都留着给姨太太花呢，巡警算哪道货？等咱被调走的时候，求老爷给"区"里替我说句好话，咱都得感激不尽。

你看，命令下来，我被调到别处。我把铺盖卷打好，然后恭而敬之的去见宅上的老爷。看吧，人家那股子劲儿大了去啦！带理不理的，倒仿佛我偷了他点东西似的。我托付了几句：求老爷顺便和"区"里说一声，我的差事当得不错。人家微微地一抬眼皮，连个屁都懒得放。我只好退出来了，人家连个拉铺盖的车钱也不给；我得自己把它扛了走。这就是他妈的差事，这就是他妈的人情！

名师伴你读 MING SHI BAN NI DU

阅读理解

主人公经历了大清国改为中华民国的社会大变动，凡事就由人民主管了，但作为巡警的他却完全没有体会到民主的感觉。而民国的官老爷们却尝到了自由的甜头：他们招募巡警做保镖，整夜灯火通明，姨太太擦五十块钱一盒的香粉。普通老百姓只能啃干馍馍辣饼子，整日为吃饭犯愁。所以，在这片黑暗的、被乌云遮住的天空下，是没有自由可言的，人民永远不能当家做主。

好词好句

清闲　来往如梭　犒劳　厌烦　阔气

◆ 告诉你一句到底的话吧，做老爷的要空着手儿来，满膛满馅的去，就好像刚惊蛰后的臭虫，来的时候是两张皮，一会儿就变成肚大腰圆，满兜儿血。

学习要点

1. 以小见大：文章用描写"我"生活的不易来反映当时老百姓生活的艰辛。见微知著，更有震撼力。

2. 巧用对比：小说运用多处对比突显官僚腐败、社会黑暗的现状，揭露了社会现实。

十二

机关和宅门里的要人❶越来越多了。我们另成立了警卫队，一共有五百人，专做那义务保镖的事。为是显出我们真能保卫老爷们，我们每人有一杆洋枪，和几排子弹。对于洋枪——这些洋枪——我一点也不感觉兴趣：它又沉，又老，又破，我摸不清这是由哪里找来的一些专为压人肩膀，而一点别的用处没有的玩艺儿。我的子弹老在腰间围着，永远不准往枪里搁；到了什么大难临头，老爷们都逃走了的时候，我们才安上刺刀。

这可并非是说，我可以完全不管那枝破家伙；它虽然是那么破，我可得给它支使着。枪身里外，连刺刀，都得天天擦；即使永远擦不亮，我的手可不能闲着。心到神知！再说，有了枪，身上也就多了些玩艺儿，皮带，刺刀鞘，子弹袋子，全得弄得利落抹腻，不能像猪八戒挎腰刀那么懒懒松松的，还得打裹腿呢！❷

多出这么些事来，肩膀上添了七八斤的分量，我多挣了一块钱；现在我是一个月挣七块大洋了，感谢天地！

七块钱，扛枪，打裹腿，站门，我干了三年多。由这个宅门串到那个宅门，由这个衙门调到那个衙门；老爷们出来，我行礼；

名师导读

❶要人：指居高位、有权势的显要人物。

❷作者运用风趣、幽默的语言写出了民国时期的巡警穿戴、配饰极其讲究。
【语言幽默】

老爷进去，我行礼。这就是我的差事。这种差事才毁人呢：你说没事做吧，又有事；说有事做吧，又没事。还不如上街站岗去呢。在街上，至少得管点事，用用心思。在宅门或衙门，简直永远不用费什么一点脑子。赶到在闲散的衙门或汤儿事的宅子里，连站门的时候都满可以随便，拄着枪立着也行，抱着枪打盹也行。这样的差事教人不起一点儿劲，它生生地把人耗疲了。一个当仆人的可以有个盼望，哪儿的事情甜就想往哪儿去，我们当这份儿差事，明知一点好来头没有，可是就那么一天天地穷耗，耗得连自己都看不起了自己。按说，这么空闲无事，就应当吃得白白胖胖，也总算个体面呀。哼！我们并蹲不出膘儿来。我们一天老绕着那七块钱打算盘，穷得揪心。心要是揪上，还怎么会发胖呢？以我自己说吧，我的孩子已到上学的年岁了，我能不教他去吗？上学就得花钱，古今一理，不算出奇，可是我上哪里找这份钱去呢？做官的可以白占许多许多便宜，当巡警的连孩子白念书的地方也没有。上私塾吧，学费节礼，书籍笔墨，都是钱。上学校吧，制服，手工材料，种种本子，比上私塾还费得多。再说，孩子们在家里，饿了可以掰一块窝窝头吃；一上学，就得给点心钱，即使咱们肯教他揣着块窝窝头去，他自己肯吗？小孩的脸是更容易红起来的。

我简直没办法。这么大个活人，就会干瞪着眼睛看自己的儿女在家里荒荒着！我这辈无望了，难道我的儿女应当更不济吗？看着人家宅门的小姐少爷去上学，喝！车接车送，到门口还有老妈子丫环来接书包，抱进去，手里拿着橘子苹果和新鲜的玩具。人家的孩子这样，咱的孩子那样；孩子不都是将来的国民吗？（这段话运用反问句表达了主人公的愤怒之情，增强了文章的表达效果。【巧用反问】）我真想辞差不干了。我愣当仆人去，弄俩零钱，好教我的孩子上学。

可是人就是别入了辙，入到哪条辙上便一辈子拔不出腿来。当了几年的差事——虽然是这样的差事——我事事入了辙，这里有朋友，有说有笑，有经验，它不教我起劲，可是我也仿佛不大能狠心地离开它。再说，一个人的虚荣心每每比金钱还有力量，当惯了差，总以为去当仆人是往下走一步，虽然可以多挣些钱。这可笑，很可笑，可是人就是这么个玩艺儿。我一跟朋友们说这个，大家都摇头。有的说，大家混得都很好的，干吗去改行？有的说，这山望着那山高，咱们这些苦人干什么也发不了财，先忍着吧！有的说，人家中学毕业生还有当"招募警"的呢，咱们有这个差事当，就算不错；何必呢？连巡官都对我说了：好歹混着吧，这是差事；凭你的本事，日后总有升腾！❶大家这么一说，我的心更活了，仿佛我要是固执起来，倒不大对得住朋友似的。好吧，还往下混吧。小孩念书的事呢？没有下文！

　　不久，我可有了个好机会。有位冯大人哪，官职大得很，一要就要十二名警卫；四名看门，四名送信跑道，四名作跟随。这四名跟随得会骑马。那时候，汽车还没出世，大官们都讲究坐大马车。在前清的时候，大官坐轿或坐车，不是前有顶马，后有跟班吗？这位冯大人愿意恢复这点官威，马车后得有四名带枪的警卫。敢情会骑马的人不好找，找遍了全警卫队，才找到了三个；三条腿不大像话，连巡官都急得直抓脑袋。我看

名师导读

❶ 作者运用排比句式突显了深受压迫的人民已经没有了反抗和尝试的意识了，他们在这个黑暗的社会里踽踽前行，每一步都那么艰难、那么小心翼翼。【巧用句式】

出便宜来了：骑马，自然得有粮钱哪！为我的小孩念书起见，我得冒下子险，假如从马粮钱里能弄出块儿八毛的来，孩子至少也可以去私塾了。按说，这个心眼不甚好，可是我这是卖着命，我并不会骑马呀！我告诉了巡官，我愿意去。他问我会骑马不会？我没说我会，也没说我不会；他呢，反正找不到别人，也就没究根儿。

有胆子，天下便没难事。当我头一次和马见面的时候，我就合计好了：摔死呢，孩子们入孤儿院，不见得比在家里坏；摔不死呢，好，孩子们可以念书去了。（主人公的这段心理描写相当精彩，为了孩子能去念书，他豁出了自己的性命，但在这黑暗的时代下，他只有这样做了才能为自己和孩子争取到一点点希望。【心理描写】）这么一来，我就先不怕马了。我不怕它，它就得怕我，天下的事不都是如此吗？再说呢，我的腿脚利落，心里又灵，跟那三位会骑马的瞎扯巴了一会儿，我已经把骑马的招数知道了不少。找了匹老实的，我试了试，我手心里攥着把汗，可是硬说我有了把握。头几天，我的罪过真不小，浑身像散了一般，屁股上见了血。我咬了牙。❶ 等到伤好了，我的胆子更大起来，而且觉出来骑马的快乐。跑，跑，车多快，我多快，我算是治服了一种动物！我把马治服了，可是没把粮草钱拿过来，我白冒了险。冯大人家中有十几匹马呢，另有看马的专人，没有我什么事。我几乎气病了。可是，不久我又高兴了：冯大人的官职是这么大，这么多，他简直没有回家吃饭的工夫。我们跟着他出去，一跑就是一天。他当然喽，到处都有饭吃，我们呢？我们四个人商议了一下，决定跟他交涉，他在哪里吃饭，也得有我们的。冯大人这个人心眼还不错，他很爱马，爱面子，爱手下的人。我们一对他说，他马上答应了。这个，可是个便宜。不用往多里说。我们要是一个月准能在外边白吃半个月的饭，我们不就省下半个月的饭钱吗？我高了兴！

冯大人，我说，很爱面子。当我们去见他交涉饭食的时候，他细细看了看我们。看了半天，他摇了摇头，自言自语地说："这可不行！"我以为他是说我们四个人不行呢，敢情不是。他登时要笔墨，写了个条子："拿这个见总队长去，教他三天内都办好！"把条子拿下来，我们看了看，原来是教队长给我们换制服：我们平常的制服是斜纹布的，冯大人现在教换呢子的；袖口，裤缝，和帽箍，一律要安金绦子。靴子也换，要过膝的马靴。枪要换上马枪，还另外给一人一把手枪。看完这个条子，连我们自己都觉得不合适：长官们才能穿呢衣，镶金绦，我们四个是巡警，怎能平白无故地穿上这一套呢？自然，我们不能去教冯大人收回条子去，可是我们也怪不好意思去见总队长。总队长要是不敢违抗冯大人，他满可以对我们四个人发发脾气呀！

你猜怎么着？总队长看了条子，连大气没出，照话而行，都给办了。❷你就说冯大人有多么大的势力吧！喝！我们四个人可抖起来了，真正细黑呢制服，镶着黄澄澄的金绦，过膝的黑皮长靴，靴后带着白亮亮的马刺，马枪背在背后，手枪挎在身旁，枪匣外奔拉着长杏黄穗子。简直可以这么说吧，全城的巡警的威风都教我们四个人给夺过来了。我们在街上走，站岗的巡警全都给我们行礼，以为我们是大官儿呢！

当我做裱糊匠的时候，稍微讲究一点的烧活，总得糊上匹菊花青的大马。现在我穿上这么抖的制服，我到马棚去挑了匹菊花青的马，这匹马非常的闹手，见了人是连啃带踢；我挑了它，因为我原先糊过这样的马，现在我得骑上匹活的；菊花青，多么好看呢！这匹马闹手，可是跑起来真作脸，头一低，嘴角吐着点白沫，长鬃像风吹着一垄春麦，小耳朵立着像俩小瓢儿；我只需一认镫，它就要飞起来。（作者对这匹菊花青马进行了详细描写，也反映出此时主人公得意的心情。【描写细致】）这一辈子，我没有过什么真正得意的事；骑上这匹菊花青大马，我必得说，我觉到了骄傲与得意！

按说，这回的差事总算过得去了，凭那一身衣裳与那匹马还不值得高高兴兴的混吗？哼！新制服还没穿过三个月，冯大人吹了台，警卫队也被解散；我又回去当三等警了。

名师伴你读 MING SHI BAN NI DU

阅读理解

在主人公大半辈子的巡警生涯中，也有过升迁，也有过些许光亮，可到最后终究也是一场空吧。他没能改变时代却让时代改变了自己。

好词好句

大难临头　懈懈松松　穷耗　揪心

◆ 我这辈无望了，难道我的儿女应当更不济吗？看着人家宅门的小姐少爷去上学，喝！车接车送，到门口还有老妈子丫环来接书包，抱进去，手里拿着橘子苹果和新鲜的玩具。人家的孩子这样，咱的孩子那样；孩子不都是将来的国民吗？

◆ 找了匹老实的，我试了试，我手心里攥着把汗，可是硬说我有了把握。头几天，我的罪过真不小，浑身像散了一般，屁股上见了血。我咬了牙。

学习要点

1. 巧用反问：反问句的运用增强了语言的表达效果。

2. 描写细致：作者对主人公首次骑马的细节进行了细致描写，使语言更具有画面感。

十三

　　警卫队解散了。为什么？我不知道。我被调到总局里去当差，并且得了一面铜片的奖章，仿佛是说我在宅门里立下了什么功劳似的。在总局里，我有时候管户口册子，有时候管铺捐的账簿，有时候值班守大门，有时候看管军装库。这么二三年的工夫，我又把局子里的事情全明白了个大概。加上我以前在街面上，衙门口和宅门里的那些经验，我可以算作个百事通了，里里外外的事，没有我不晓得的。要提起警务，我是地道内行。可是一直到这个时候，当了十年的差，我才升到头等警，每月挣大洋九元。

　　大家伙或者以为巡警都是站街的，年轻轻的好管闲事。其实，我们还有一大群人在区里局里藏着呢。假若有一天举行总检阅，你就可

以看见些稀奇古怪的巡警：罗锅腰的，近视眼的，掉了牙的，瘸着腿的，无奇不有。这些怪物才真是巡警中的盐，他们都有资格有经验，识文断字，一切公文案件，一切办事的诀窍，都在他们手里呢。要是没有他们，街上的巡警就非乱了营不可。这些人，可是永远不会升腾起来；老给大家办事，一点起色也没有，平生连出头露面的体面一次都没有过。他们任劳任怨的办事，一直到他们老得动不了窝，老是头等警，挣九块大洋。多嗒你在街上看见：穿着洗得很干净的灰色大褂，脚底下可还穿着巡警的皮鞋，用脚后跟慢慢地走，仿佛支使不动那双鞋似的，那就准是这路巡警。他们有时候也到大"酒缸"上，喝一个"碗酒"，就着十几个花生豆儿，挺有规矩，一边往下咽那点辣水，一边叹着气。头发已经有些白的了，嘴巴儿可还刮得很光，猛看很像个太监。他们很规则，和蔼，会做事，他们连休息的时候还得穿着那双不得人心的鞋！❶

跟这群人在一处办事，我长了不少的知识。可是，我也有点害怕：莫非我也就这样下去了吗？他们够多么可爱，又多么可怜呢！看着他们，我心中时常忽然凉那么一下，教我半天说不上话来。不错，我比他们都年岁小，也不见得比他们不精明，可是我有希

名师导读

❶ 主人公对那些年事已高的头等警做了详细的介绍，他们有资格有经验，识文断字，会做事，但他们永远不会升腾起来。他们的现在就是主人公的未来。【描写细致】

望没有呢？年岁小？我也三十六了！

这几年在局子里可也有一样好处，我没受什么惊险。这几年，正是年年春秋准打仗的时期，旁人受的罪我先不说，单说巡警们就真够瞧的。一打仗，兵们就成了阎王爷，而巡警头朝了下！要粮，要车，要马，要人，要钱，全交派给巡警，慢一点送上去都不行。（作者将兵们说成阎王爷，形象地写出了他们的蛮横无理。【比喻恰当】）一说要烙饼一万斤，得，巡警就得挨着家去到切面铺和烙烧饼的地方给要大饼；饼烙得，还得押着清道夫给送到营里去；说不定还挨几个嘴巴回来！

要单是这么伺候着兵老爷们，也还好；不，兵老爷们还横反呢。凡是有巡警的地方，他们非捣乱不可，巡警们管吧不好，不管吧也不好，活受气。世上有糊涂人，我晓得；但是兵们的糊涂令我不解。他们只为逗一时的字号，完全不讲情理；不讲情理也罢，反正得自己别吃亏呀；不，他们连自己吃亏不吃亏都看不出来，你说天下哪里再找这么糊涂的人呢。就说我的表弟吧，他已当过十多年的兵，后来几年还老是排长，按说总该明白点事儿了。哼！那年打仗，他押着十几名俘虏往营里送。喝！他得意非常的在前面领着，仿佛是个皇上似的。他手下的弟兄都看出来，为什么不先解除了俘虏的武装呢？他可就是不这么办，拍着胸膛说一点错儿没有。走到半路上，后面响了枪，他登时就死在了街上。他是我的表弟，我还能盼着他死吗？可是这股子糊涂劲儿，教我也没法抱怨开枪打他的人。有这样一个例子，你也就能明白一点兵们是怎样的难对付了。你要是告诉他，汽车别往墙上开，好啦，他就非去碰碰不可，把他自己碰死倒可以，他就是不能听你的话。（作者反复举例说明大兵们的不近人情、固执，表达了作者对他们的厌恶。【列举事例】）

在总局里几年，没别的好处，我算是躲开了战时的危险与受气。

自然罗！一打仗，煤米柴炭都涨价儿，巡警们也随着大家一同受罪，不过我可以安坐在公事房里，不必出去对付大兵们，我就得知足。

可是，在局里我又怕一辈子就窝在那里，永没有出头之日，有人情，可以升腾起来；没人情而能在外边拿贼办案，也是个路子，我既没人情，又不到街面上去，打哪儿升高一步呢？我越想越发愁。

名师伴你读 MING SHI BAN NI DU

阅读理解

主人公终于熬到了头等警，每月挣九元大洋，每天待在总局里，做一些无关紧要的事情，看似安逸，但他还要担心自己的前途，没有一点安全感。活在这样腐败的社会，无论怎样努力都是无济于事的，真是可悲可叹。

好词好句

诀窍　和蔼　伺候　捣乱

◆ 一打仗，兵们就成了阎王爷，而巡警头朝了下！要粮，要车，要马，要人，要钱，全交派给巡警，慢一点送上去都不行。

学习要点

1. 列举事例：作者反复举例说明大兵们的不近人情、固执，表达了作者的愤怒之情。

十四

到我四十岁那年，大运亨通，我补了巡长！我顾不得想已经当了多少年的差，卖了多少力气，和巡长才挣多少钱；都顾不得想了。我只觉得我的运气来了！

小孩子拾个破东西，就能高兴的玩耍半天，所以小孩子能够快乐。大人们也得这样，或者才能对付着活下去。❶细细一想，事情就全糟。我升了巡长，说真的，巡长比巡警才多挣几块钱呢？挣钱不多，责任可有多么大呢！往上说，对上司们事事得说出个谱儿来；往下说，对弟兄们得既精明又热诚；对内说，差事得交得过去；对外说，得能不软不硬的办了事。这，比做知县难多了。县长就是一个地方的皇上，巡长没那个身份，他得认真办事，又得敷衍事，真真假假，虚虚实实，哪一点没想到就出蘑菇。出了蘑菇还是真糟，往上升腾不易呀，往下降可不难呢。当过了巡长再降下来，派到哪里去也不吃香：弟兄们要吃，喝！你这做过巡长的，……这个那个的扯一堆。长官呢，看你是刺儿头，故意的给你小鞋穿，你怎么忍也忍不下去。怎办呢？哼！由巡长而降为巡警，顶好干脆卷铺盖回家去，这碗饭不必再吃了。可是，以我说吧，四十岁才升上巡长，真要是卷了铺盖，我干吗去呢？

真要是这么一想，我登时就得白了头发。幸而我当时没这么想，只顾了高兴，把坏事儿全放在了一旁。我当时倒这么想：四十做上巡长，五十——哪怕是五十呢！——再做上巡官，也就算不白当了差。咱们非学校出身，又没有大人情，能做到巡官还算小吗？这么一想，我简直的拼了命，精神百倍地看着我的事，好像看着颗夜明珠似的！❷

做了二年的巡长，我的头上真见了白头发。我并没细想过一切，可是天天揪着心，唯恐哪件事办错了，担了处分。白天，我老喜笑颜开地打着精神办公；夜间，我睡不实在，忽然想起一件事，我就受了一惊似的，翻来覆去的思索；未必能想出办法来，我的困意可也就不再回来了。

公事而外，我为我的儿女发愁：儿子已经二十了，姑娘十八。福海——我的儿子——上过几天私塾，几天贫儿学校，几天公立小学。字吗，凑在一块儿他大概能念下来第二册国文；坏招儿，他可学会了不少，私塾的，贫儿学校的，公立小学的，他都学来了，到处准能考一百分，假若学校里考坏招数的话。本来吗，自幼失了娘，我又终年在外边瞎混，他可不是爱怎么反就怎么反啵。我不恨铁不成钢去责备他，也不抱怨任何人，我只恨我的时运低，发不了财，不能好好的教育他。我不算对不起他们，我一辈子没给他们弄个后娘，给他们气受。至于我的时运不济，只能当巡警，那并非是我的错儿，人还能大过天去吗？ ❸

福海的个子可不小，所以很能吃呀！一顿胡搂三大碗芝麻酱拌面，有时候还说不很饱呢！就凭他这个吃法，他再有我这么两份儿爸爸也不中用！我供给不起他上中学，他那点"秀气"也没法考上。我得给他找事做。哼！他会做什么呢？从老早，我心里就这么嘀咕：我的儿子宁可去拉洋车，也不去当巡警；我这辈子当够了巡警，不必世袭这份差事了！在福海十二三岁的时候，我教他去学手艺，他哭着喊着的一百个不去。不去就不去吧，等他长两岁再说；对个没娘的孩子不就得格外心疼吗？到了十五岁，我给他找好了地方去学徒，他不说不去，可是我一转脸，他就会跑回家来。几次我送他走，几次他偷跑回来。于是只好等他再大一点吧，等他心眼转变过来也许就行了。哼！从十五到二十，他就愣荒荒过来，能吃能喝，就是不爱干活儿。赶到教我给逼急了："你到底愿意干什么呢？你说！"他低着脑袋，说他愿意挑巡警！他觉得穿上制服，在街上走，既能挣钱，又能就手儿（顺便）散心，不像学徒那样永远圈在屋里。我没说什么，心里可刺着痛。我给打了个招呼，他挑上了巡警。我心里痛不痛的，反正他有事做，总比死吃我一口强啊。父是英雄儿好汉，爸爸巡警儿子还是巡警，而且他这个巡警还必定跟不上我。我到四十岁才熬上巡长，他到四十岁，哼！不教人家开革出来就是好事！没盼望！我没续娶过，因为我咬得住牙。他呢，赶明儿个难道不给他成家吗？拿什么养着呢？

是的，儿子当了差，我心中反倒堵上个大疙瘩！再看女儿呀，也十八九了，紧自搁在家里算怎回事呢？当然，早早撮出去的为是，越早越好。给谁呢？巡警，巡警，还得是巡警？一个人当巡警，子孙万代全得当巡警，仿佛掉在了巡警阵里似的。（这句话的意思是：如果你生活在黑暗与腐败的社会中，不管是自己这一辈子，还是自己儿子和孙子的一辈子，通通都只能忍饥挨饿，通通都只能给别人当奴才。不管你再怎么努力也于事无补，除非这个社会变了天：变得光明与正义。【深化主题】）可是，不给巡警还真不行呢：论模样，她没什么模样；论教育，她自幼没娘，只认识几个大字；论赔送，我至多能给她做两件洋布大衫；论本事，她只能受苦，没别的好处。巡警的女儿天生来的得嫁给巡警，八字造定，谁也改不了！

唉！给了就给了啵！撮出她去，我无论怎说也可以心净一会儿。并非是我心狠哪，想想看，把她撂到二十多岁，还许就剩在家里呢。我对谁都想对得起，可是谁又对得起我来着！我并不想唠里唠叨的发牢骚，不过我愿把事情都撂平了，谁是谁非，让大家看。

当她出嫁的那一天，我真想坐在那里痛哭一场。我可是没有哭；这也不是一半天的事了，我的眼泪只会在眼里转两转，简直的不会往下流！

名师伴你读 MING SHI BAN NI DU

阅读理解

"我"当了巡长，却依然每天担惊受怕，因为没有人情，怕别人故意给你小鞋穿。而且"我"的儿子当了巡警，女儿嫁了巡警。这是何等的可笑，亦是何等的悲哀！

好词好句

精明　热诚　敷衍　喜笑颜开　翻来覆去　唠里唠叨

◆ 这么一想，我简直的拼了命，精神百倍地看着我的事，好像看着颗夜明珠似的！

◆ 一个人当巡警，子孙万代全得当巡警，仿佛掉在了巡警阵里似的。

📖—学习要点

1. 巧用比喻："我"将自己的差事比作了夜明珠，形象具体地表现我对它的重视。

2. 深化主题：这一部分写到"我"的儿子当了巡警，女儿嫁了巡警，这是何等悲哀啊，深化了小说主题。

十五

儿子有了事做，姑娘出了阁，我心里说：这我可能远走高飞了！假若外边有个机会，我愣把巡长搁下，也出去见识见识。什么发财不发财的，我不能就窝囊这么一辈子。

机会还真来了。记得那位冯大人呀，他放了外任官。我不是爱看报吗？得到这个消息，就找他去了，求他带我出去。他还记得我，而且愿意这么办。他教我去再约上三个好手，一共四个人随他上任。我留了个心眼，请他自己向局里要四名，作为是拨遣。我是这么想：假若日后事情不见佳呢，既省得朋友们抱怨我，而且还可以回来交差，有个退身步。他看我的办法不错，就指名向局里调了四个人。

这一喜可非同小喜。就凭我这点经验知识，管保说，到哪儿我也可以做个很好的警察局局长，一点不是瞎吹！一条狗还有得意的那一天呢，何况是个人？我也该抖两天了，四十多岁还没露过一回脸呢！

果然，命令下来，我是卫队长；我乐得要跳起来。

哼！也不是咱的命不好，还是冯大人的运不济；还没到任呢，又撤了差。猫咬尿泡，瞎欢喜一场！ ❶ 幸而我们四个人是调用，不

名师 导 读

❶ 正当"我"卸下一切包袱准备去外面闯一闯的时候，上天还是没有眷顾"我"。歇后语的运用辛辣讽刺。【深化主题】

是辞差；冯大人又把我们送回局里去了。我的心里既为这件事难过，又为回局里能否还当巡长发愁，我脸上瘦了一圈。

幸而还好，我被派到防疫处做守卫，一共有六位弟兄，由我带领。这是个不错的差事，事情不多，而由防疫处开我们的饭钱。我不确实地知道，大概这是冯大人给我说了句好话。

在这里，饭钱既不必由自己出，我开始攒钱，为是给福海娶亲——只剩了这么一档子该办的事了，爽性早些办了吧！

在我四十五岁上，我娶了儿媳妇——她的娘家父亲与哥哥都是巡警。可倒好，我这一家子，老少里外，全是巡警，凑吧凑吧，就可以成立个警察分所！

人的行动有时候莫名其妙。娶了儿媳妇以后，也不知怎么我以为应当留下胡子，才够做公公的样子。我没细想自己是干什么的，直入公堂的就留下胡子了。小黑胡子在我嘴上，我捻上一袋关东烟，觉得挺够味儿。本来吗，姑娘聘出去了，儿子成了家，我自己的事又挺顺当，怎能觉得不是味儿呢？

哼！我的胡子惹下了祸。❶ 总局局长忽然换了人，新局长到任就检阅全城的巡警。这位老爷是军人出身，只懂得立正看齐，不懂得别的。在前面我已经说过，局里区里都有许多老人们，长相不体面，可是办事多年，最有经验。我就是和局里这群老手儿排在一处的，因为防疫处的守卫不属于任何警区，所以检阅的时候便随着局里的人立在一块儿。

当我们站好了队，等着检阅的时候，我和那群老人们还有说有笑，自自然然的。我们心里都觉得，重要的事情都归我们办，提哪一项事情我们都知道，我们没升腾起来已经算很委屈了，谁还能把我们踢出去吗？上了几岁年纪，诚然，可是我们并没少做事儿呀！即使说老朽不中用了，反正我们都至少当过十五六年的差，我们年轻力壮的时候是把精神血汗耗费在公家的差事上，冲着这点，难道还不留个情面吗？谁能够看狗老了就一脚踢出去呢？（这是大多数像"我"一样为公家付出大半辈子心血的老人们的想法。然而事与愿违，这个社会是残酷的，他不讲情面，若是有一天你没有用了，他就会像踢狗一样把你踢出去。【心理描写】）我们心中都这么想，所以满没把这回事放在心里，以为新局长从远处瞭我们一眼也就算了。

局长到了，大个子胸前挂满了徽章，又是喊，又是蹦，活像个机器人。我心里打开了鼓。他不按着次序看，一眼看到我们这一排，他猛虎扑食似的就跑过来了。岔开脚，手握在背后，他向我们点了点头。然后忽然他一个箭步跳到我们跟前，抓起一个老书记生的腰带，像摔跤似的往前一拉，几乎把老书记生拉倒；抓着腰带，他前后摇晃了老书记生几把，然后猛一撒手，老书记生摔了个屁股墩。局长对准了他就是两口唾沫，"你也当巡警！连腰带都系不紧？来！拉出去毙了！"

我们都知道，凭他是谁，也不能枪毙人。可是我们的脸都白了，不是怕，是气的。那个老书记生坐在地上，哆嗦成了一团。

局长又看了看我们，然后用手指划了条长线，"你们全滚出去，别再教我看见你们！你们这群东西也配当巡警！"说完这个，仿佛还不

名师 导 读

❶ 作者用"我的胡子惹下了祸"短短的一句话设置悬念，引起读者的阅读兴趣，推动故事情节的发展。【设置悬念】

197

解气，又跑到前面，扯着脖子喊："是有胡子的全脱了制服，马上走！"

有胡子的不止我一个，还都是巡长巡官，要不然我也不敢留下这几根惹祸的毛。

二十年来的服务，我就是这么被刷下来了。其实呢，我虽四十多岁，我可是一点也不显着老苍，谁教我留下了胡子呢！这就是说，当你年轻力壮的时候，你把命卖上，一月就是那六七块钱。你的儿子，因为你当巡警，不能读书受教育；你的女儿，因为你当巡警，也嫁个穷汉去吃窝窝头。你自己呢，一长胡子，就算完事，一个铜子的恤金养老金也没有，服务二十年后，你教人家一脚踢出来，像踢开一块碍事的砖头似的。五十以前，你没挣下什么，有三顿饭吃就算不错；五十以后，你该想主意了，是投河呢，还是上吊呢？这就是当巡警的下场头。(作者用讽刺的手法表达了对这个无情世界的憎恨。当你老的时候就该考虑投河还是上吊。这是"我"的悲剧，也是那个时代的悲剧。【表达讽刺】)

二十年来的差事，没做过什么错事，但我就这样卷了铺盖。

弟兄们有含着泪把我送出来的，我还是笑着；世界上不平的事可多了，我还留着我的泪呢！

名师伴你读 MING SHI BAN NI DU

阅读理解

一个风华正茂曾想做出一番事业的少年，如今到了不惑之年，思想与行为恐怕早已力不从心，默默地望着这个世界，没有目的地望着这片天空，又该说些什么呢，说自己的卑贱渺小？说上天的不公？还是说这个社会冰冷黑暗？无从说起。不管你怎么努力也于事无补，除非这个社会变了天：变得光明与正义。

好词好句

远走高飞　窝囊　拨遣　莫名其妙　耗费

◆ 五十年前，你没挣下什么，有三顿饭吃就算不错；五十以后，你该想主意了，是投河呢，还是上吊呢？这就是当巡警的下场头。

学习要点

1. 设置悬念：引起读者的阅读兴趣，推动情节发展。

2. 心理描写：使读者能更好地洞悉人物的内心世界，表现人物丰富而复杂的内心情感。

十六

穷人的命——并不像那些施舍稀粥的慈善家所想的——不是几碗粥所能救活了的；有粥吃，不过多受几天罪罢了，早晚还是死。我的履历就跟这样的粥差不多，它只能帮助我找上个小事，教我多受几天罪；我还得去当巡警。除了说我当巡警，我还真没法介绍自己呢！它就像颗不体面的痣或瘤子，永远跟着我。我懒得说当过巡警，懒得再去当巡警，可是不说不当，还真连碗饭也吃不上，多么可恶呢！

歇了没有好久，我由冯大人的介绍，到一座煤矿上去做卫生处主任，后来又升为矿村的警察分所所长；这总算运气不坏。在这里我很施展了些我的才干与学问：对村里的工人，我以二十年服务的经验，管理得真叫不错。他们聚赌，斗殴，罢工，闹事，醉酒，就凭我的一张嘴，就事论事，干脆了当，我能把他们说得心服口服。对弟兄们呢，我得亲自去训练。他们之中有的是由别处调来的，有的是由我约来帮忙的，都当过巡警；这可就不容易训练，因为他们懂得一些警察的事儿，而想看我一手儿。我不怕，我当过各样的巡警，里里外外我全晓得；凭着这点经验，我算是没被他们给撅了。对内对外，我全有办法，这一点也不瞎吹。

假若我能在这里混上几年，我敢保说至少我可以积攒下个棺材本儿，因为我的饷银差不多等于一个巡官的，而到年底还可以拿一笔奖金。可是，我刚做到半年，把一切都布置得有个大概了，哼！我被人家顶下来了。我的罪过是年老与过于认真办事。弟兄们满可以拿些私钱，假若我肯睁着一只闭着一只眼的话。我的两眼都睁着，种下了毒。对外也是如此，我明白警察的一切，所以我要本着良心把此地的警务办得完完全全，真像个样儿。还是那句话，人民要不是真正的人民，办警察是多此一举，越办得好越招人怨恨。❶自然，容我办上几年，大家也许能看出它的好处来。可是，人家不等办好，已经把我踢开了。

在这个社会中办事，现在才明白过来，就得像发给巡警们皮鞋似的。大点，活该！小点，挤脚？活该！什么事都能办通了，你打算合大家的适，他们要不把鞋打在你脸上才怪。这次的失败，因为我忘了那三个宝贝字——"汤儿事"，因此我又卷了铺盖。

这回，一闲就是半年多。从我学徒时候起，我无事也忙，永不懂得偷闲。现在，虽然是奔五十的人了，我的精神气力并不比那个年轻小伙子差多少。生让我闲着，我怎么受呢？由早晨起来到日落，我没有正经事做，没有希望，跟太阳一样，就那么由东而西的转过去；不过，太阳能照亮了世界，我呢，心中老是黑糊糊的。闲得起急，闲得要躁，闲得讨厌自己，可就是摸不着点儿事做。想起过去的劳力与经验，并不能自慰，因为劳力与经验没给我积攒下养老的钱，而我眼看着就是挨饿。我不愿人家养着我，我有自己的精神与本事，愿意自食其力的去挣饭吃。我的耳目好像做贼的那么尖，只要有个消息，便赶上前去，可是老空着手回来，把头低得无可再低，真想一跤摔死，倒也爽快！❷ 还没到死的时候，社会像要把我活埋了！晴天大日头的，我觉得身子慢慢往土里陷；什么缺德的事也没做过，可是受这么大的罪。一天到晚我叼着那根烟袋，里边并没有烟，只是那么叼着，算个"意思"而已。我活着也不过是那么个"意思"，好像专为给大家当笑话看呢！好容易，我弄到个事：到河南去当盐务缉私队的队兵。队兵就队兵吧，有饭吃就行呀！借了钱，打点行李，我把胡子剃得光光的上了"任"。

半年的工夫，我把债还清，而且升为排长。别人花俩，我花一个，好还债。别人走一步，我走两步，所以升了排长。委屈并挡不住我的努力，我怕失业。一次失业，就多老上三年，不饿死，也憋闷死了。至于努力挡得住失业挡不住，那就难说了。

我想——哼！我又想了！——我既能当上排长，就能当上队长，不又是个希望吗？这回我留了神，看人家怎做，我也怎做。人家要私钱，我也要，我别再为良心而坏了事；良心在这年月并不值钱。（"良心在这年月并不值钱"这句话恰到好处，深化了文章主题，赤裸裸地批判了这个冰冷黑暗的世界。【深化主题】）假若我在队上混个队长，连公带私，有几年的工夫，我不是又可以剩下个棺材本儿吗？我简直的没了大志向，只求腿脚能动便去劳动；多咱动不了窝，好，能有个棺材把我装上，不至于教野狗们把我嚼了。我一眼看着天，一眼看着地。我对得起天，再求我能静静地躺在地下。并非我倚老卖老，我才五十来岁；不过，过去的努力既是那么白干一场，我怎能不把眼睛放低一些，只看着我将来的坟头呢！我心里是这么想，我的志愿既这么小，难道老天爷还不睁开点眼吗？

来家信，说我得了孙子。我要说我不喜欢，那简直不近人情。可是，我也必得说出来：喜欢完了，我心里凉了那么一下，不由得自言自语地嘀咕："哼！又来个小巡警吧！"一个做祖父的，按说，哪有给孙子说丧气话的，可是谁要是看过我前边所说的一大片，大概谁也会原谅我吧？有钱人家的儿女是希望，没钱人家的儿女是累赘；自己的肚中空虚，还能顾得子孙万代，和什么"忠厚传家久，诗书继世长"吗？

我的小烟袋锅儿里又有了烟叶，叼着烟袋，我咂摸着将来的事儿。有了孙子，我的责任还不止于剩个棺材本儿了；儿子还是三等警，怎能养家呢？我不管他们夫妇，还不管孙子吗？这教我心中忽然非常的乱，自己一年比一年的老，而家中的嘴越来越多，哪个嘴不得用窝窝头填上呢！我深深地打了几个嗝儿，胸中仿佛横着一口气。算了吧，我还是少思索吧，没头儿，说不尽！个人的寿数是有限的，困难可是世袭的呢！子子孙孙，万年永实用，窝窝头！

风雨要是都按着天气预测那么来，就无所谓狂风暴雨了。困难若是都按着咱们心中所思虑的一步一步慢慢地来，也就没有把人急疯了这一说了。❶我正盘算着孙子的事儿，我的儿子死了！

他还并没死在家里呀！我还得去运灵。

福海，自从成家以后，很知道要强。虽然他的本事有限，可是他懂得了怎样尽自己的力量去做事。我到盐务缉私队上来的时候，他很愿意和我一同来，相信在外边可以多一些发展的机会。我拦住了他，因为怕事情不稳，一下子再教父子同时失业，如何得了。可是，我前脚离开了家，他紧随着也上了威

名师 导 读

❶ 作者由狂风暴雨的到来联想到苦难亦不会像约定的那样降临，为下文福海的去世做铺垫，使作品针线细密，情节发展既出乎意料，又在情理之中。
【巧用铺垫】

海卫。他在那里多挣两块钱。独自在外，多挣两块就和不多挣一样，可是穷人想要强，就往往只看见了钱，而不多合计合计。到那里，他就病了；舍不得吃药。及至他躺下了，药可也就没了用。

把灵运回来，我手中连一个钱也没有了。儿媳妇成了年轻的寡妇，带着个吃奶的小孩，我怎么办呢？我没法再出外去做事，在家乡我又连个三等巡警也当不上，我才五十岁，已走到了绝路。我羡慕福海，早早地死了，一闭眼三不知；假若他活到我这个岁数，至好也不过和我一样，多一半还许不如我呢！儿媳妇哭，哭得死去活来，我没有泪，哭不出来，我只能满屋里打转，偶尔的冷笑一声。

以前的力气都白卖了。现在我还得拿出全套的本事，去给小孩子找点粥吃。我去看守空房；我去帮着人家卖菜；我去做泥水匠的小工子活；我去给人家搬家……除了拉洋车，我什么都做过了。无论做什么，我还都卖着最大的力气，留着十分的小心。<u>（作者用排比句介绍了自己做过的事情，增强了语言的表达气势，为了生存，他什么都做过了，每一次都如履薄冰，小心翼翼。到了知天命的年纪，却仍要为了生计四处奔波，他该怪自己的卑贱渺小呢，还是该怨这不公的世道呢？【巧用句式】）</u>五十多了，我出的是二十岁的小伙子的力气，肚子里可是只有点稀粥与窝窝头，身上到冬天没有一件厚实的棉袄，我不求人白给点什么，还讲仗着力气与本事挣饭吃，豪横了一辈子，到死我还不能输这口气。时常我挨一天的饿，时常我没有煤上火，时常我找不到一撮儿烟叶，可是我决不说什么；我给公家卖过力气了，我对得住一切的人，我心里没毛病，还说什么呢？我等着饿死，死后必定没有棺材，儿媳妇和孙子也得跟着饿死，那只好就这样吧！谁教我是巡警呢！我的眼前时常发黑，我仿佛已摸到了死，哼！我还笑，笑我这一辈的聪明本事，笑这出奇不公平的世界，希望等我笑到末一声，这世界就换个样儿吧！（生命即将结束时，回首自己的这一辈子，一幅幅画面忽隐忽现。他明白了不管再怎么努力也于事无补，除非这个社会变了天：变得光明与正义。【深化主题】）

名师伴你读 ‖ MING SHI BAN NI DU

阅读理解

主人公在生命即将结束时，回首自己的这一辈子，意无话可说，只是长笑一声。笑这一辈子的聪明本事，笑这出奇不公平的世界，笑到最后一声，就希望这世界换个样吧！

好词好句

可恶　怨恨　偷闲　自慰　空虚　黑糊糊　倚老卖老

◆ 我的耳目好像做贼的那么尖，只要有个消息，便赶上前去，可是老空着手回来，把头低得无可再低，真想一跤摔死，倒也爽快！

◆ 风雨要是都按着天气预报那么来，就无所谓狂风暴雨了。困难若是都按着咱们心中所思虑的一步一步慢慢地来，也就没有把人急疯了这一说了。

◆ 我的眼前时常发黑，我仿佛已摸到了死，哼！我还笑，笑我这一辈的聪明本事，笑这出奇不公平的世界，希望等我笑到末一声，这世界就换个样儿吧！

学习要点

1. 巧用铺垫：作者巧用铺垫使小说更细密，情节发展合乎情理。

2. 深化主题：进一步凸显思想感情的深度，批判这一黑暗不公的社会。